U0118438

思香 · 世代

思香・世代

小思

啟思出版社

編者序：紅磚逗號

劉偉成

題目提及的「紅磚」，源自本書收錄的〈別矣紅磚〉一文，指的是有「紅磚禮拜堂」之稱的舊循道衛理聯合會香港堂。教堂現在重建了，上蓋還加建了商業大廈。成長於四、五十年代的老一輩，會視紅磚禮拜堂為灣仔地標。它位處金鐘和灣仔交界，對於市民來說，它就像「深潛途中的調壓艙」——在中環風起雲湧的金融政治及下環平凡蕪雜的民生瑣屑之間，發揮着神奇的心理調適的效能。這所揉合了中西風格的宗教建築，彷彿在彰顯香港作為文化小熔爐的特質；又像在本土經貿起飛的奇迹中強調着心靈歸宿的尋索。在軒尼詩道和莊士敦道的夾角上，它是城市的逗號，正在苦思該把蝌蚪尾巴擺向哪一邊。莊士敦道上的電車路，象徵在城市的慢調中，因循固有路線的生活模式；另一邊的軒尼詩道集合了不同的巴士、小巴路線，大小車輛整天呼嘯爭路，盤算着適合自己的靠站。偌大的霓虹招牌橫伸出來，彷彿要跟趕路的雙層巴士擊掌説加油。

在〈別矣紅磚〉中，作者憶述老詩人鷗外鷗闊別香江五十載後重臨，因本來熟悉的灣仔變得面目全非而惘然若失，幸虧還有紅磚禮拜堂可以給他下個歸屬的錨。這篇文章在小思不同的文集都收錄過，卻從沒有一個版本配上相關的相片，這是此三冊小思文選之所以值得珍藏的原因。當你從文章中得知老詩人前一刻還因眼前滄海桑田的景貌而悵惘（只差沒閃出個稚童笑問客從何處來），下一刻卻因一幢老地標而綻放像武陵漁夫一樣豁然開朗的笑容，你便會訝異於文字跟照片竟如此搭配，如此相映阜豐，大大提升了閱讀的興味和層次。

《思香・世代》裏所表現的情懷，正如作者在後面的對談所言，並非旨在懷舊，因為新的不一定比舊的不濟，時代進步，香港地少人多，事物更迭的速度自然比其他城市更快，尤甚於人適應的速度。紅磚禮拜堂拆卸重建後，許多人都批評新不如舊，認為摩登仿古的風格不倫不類，小思在文章中也表達了遺憾，然而遺憾不是因着新建築的外觀，而是自己沒有好好記住舊建築的內蘊，沒有把握機會走進去逛個夠，沒有好好記住它的內籠，沒有把它完整的形象注入自己記憶的血液裏……這些遺憾，令文章最後應題的那聲「別矣」更添分量。平常跟小思閑聊，她苦口婆心地叮囑我們的不是「努力工作」，而是「抽空逛逛街吧！」不錯，只有好好記住生活的地方，才能證明自己不是一晌貪歡的過客，而是確實在這裏生活過；才能像紅磚禮拜堂那樣，面對快板和慢調的「夾擊」而泰然自處。

小思還寫道乘電車看見紅磚禮拜堂，便知道還有三個站就到家了。灣仔處處是小思成長的足迹，現在每次我途經新的紅磚禮拜堂，望見左面的軒尼詩道，我便想起小思曾對着一幅老照片，遺憾當時拍攝的鏡頭沒有再往右多移一點，把她舊居也攝進去。她常在舊居的「騎樓」下等待父親下班。在紅磚禮拜堂再往前走就是小時候父親帶她看「咚咚喳」的修頓球場（見〈灣仔（之一）〉；再往前便是她常走過的春園街……之前我向小思簡述我帶灣仔文學散步時途經附近的「藍屋」，她說一聽到「藍屋」便知道我不是她那年代的「灣仔人」。在〈我們的石水渠街〉中，我們知道往日的石水渠街不是「浪得虛名」，是真有天然水源，小思的契娘還在那裏開設了洗衣店。她聽慣了潺潺水聲，即便現在水渠「被消失」了，但那裏還是水聲潺潺的「石水渠街」，怎改得了？小思看到紅磚禮拜堂，便知道還有三個站就到家了；那麼我們讀到小思的灣仔，又會勾出對家的甚麼回憶？事實上甚麼也不重要，只要不是一片空白就可以了，因為每個人的回憶，都是拼湊時代的重要板塊。

紅磚禮拜堂重建了，但它的處境卻完全沒有改變，還是在快板和慢調之間決定尾巴的擺向，該繼續拼搏，甚至強迫自己下一代也得贏在起跑線上，還是放慢腳步，細意欣賞和記取目下風光？一個城市，就像一篇文章，不能沒有逗號。這個逗號所標示的除了稍息以外，還有中庸的視點。

本書多虧小思和老照片網站討論區版主指點迷津，我們才得以找到珍貴的相片，謹此致謝。通過對比相片中今昔的景貌，及編者就文章內容配上的歷史小檔案，我們期望讀者不只追慕舊日風貌，而是更清楚看見城市演進的軌迹。只有清楚自己的來路，我們才更確定未來發展的路向。誠如小思所言：「懷舊，恐怕不只是生活得過於平淡的人，討點苦頭來折磨一下自己的玩意；而該是一種追溯本源的沉厚感情的重現。假如，把懷舊當成潮流，未免太污蔑它了。」

一個城市不能沒有逗號，同樣我們的記憶中，也不能沒有逗號。逗號，標示歇息；歇息，不只是為了懷舊，而是為了走更遠的路。

寫於二〇一四年「五四」九十五週年

目錄

增值的遊蕩

追趕記憶

逛閑街

逛街是一種家教。我父親每天都要逛街，他每天吃過晚飯，便到最接近家的一兩條街上逛逛，我就跟着他。他會一邊逛街，一邊跟我講述街上發生的事。

街景

小時候，跟母親上街，只要是買布，就一定到這街去。

這是條差不多可以説沒有陽光的街。

很狹窄，兩邊店鋪大概為了擋雨，或甚麼其他原因而架起來的篷帳，使陽光遠離。白天，店裏的燈光，依舊很亮。

小時候，跟母親上街，只要是買布，就一定到這街去。對它，沒有好感。印象中，有許多花布，許多人，討價還價的聲音混成一團，很吵但又很朦朧，沒有別的有趣東西可看，大人總纏上老半天不肯走，待着待着，小孩子就不耐煩了。

很久，很久沒有走過這條街。

最近一兩年，每星期總會路經一次。

還是很多花布，店裏燈光仍燦然，但店員都閑閑的，站在門外，遇上放慢腳步，帶着購物神色的人，就朗聲招呼：「要買甚麼？進來看看！」如果看到分明是個過路客，他們會繼續那些未完的話題——每星期經過，總聽見他們談着最熱門的時事或世界大事。

路很狹窄，門對門的都是同行，似乎卻沒有敵國的意味。售貨員，老的少的，多站在門外，就像幾個老朋友，站在弄堂裏閑聊。同一個話題，往往是兩間店的人都開腔。不止一次，好奇地想：長年累月站在門外，他們哪裏來談個不休的興致？

挑着擔子的小販，大概會定時出現。小販賣橘子的那天，便看見站在門外的人，多在吃橘子……有時，又來了賣花生米的，就會看見店員一把一把地吃花生米。這通常是下午四五點鐘的街景，不知道他們上午怎樣子熱鬧過活。

走進這街，我一定用很匆忙的腳步。有一回，偶爾，慢了些，而又不自覺往擺着的布匹望上一兩眼，就連累一個年輕店員趕忙吞下正吃着的東西，迎上來招呼。

現在作興叫甚麼名店街，比較起來，總不夠這花布街樸實和具地方色彩。

一九七八年八月九日

逛閑街

父親去世後，我獨個兒還是愛這樣逛，許多朋友不明白我怎可以在街頭巷尾呆上老半天。

像小時候跟父親逛閑街一樣，我竟逛了半天閑街。

閑街，想是父親創出來的一個詞。閑來無事，沒有目的，今天朝東，明天往西，儘向前路蹓躂，走得累了，在小店裏喝瓶汽水，歇歇腳，又再起程。碰上地攤小雜貨店，他就蹲下來，研究研究一些希奇古怪的破東西，偶爾遇到合意的，會把它買下來。一個星期裏，總有一兩天這樣逛，我沒頭沒腦跟在後面，不知不覺也養成逛閑街的習慣——腳力夠，心情閑，往往無意間看到許多平日不留意的人和事物。父親去世後，我獨個兒還是愛這樣逛，許多朋友不明白我怎可以在街頭巷尾呆上老半天。

甚麼時候開始不再逛閑街，現在想不起來了。直到那天，忽然把心一狠，放下工作，走在西環的小街上，才有驀然回首，閑情拋卻久的感覺。

於是……我停下來，看：一個穿唐裝短衫的男人正在用簸箕篩米。一間故衣店掛滿舊衣服，標價九十五元一套深褐色闊襟西裝。一個小攤，架了帳篷，裏面坐着老工匠，細心在刻戳子的

木棒。巷口擺着櫃枱——沒桌沒椅，不能叫作大牌檔，賣的是紅豆沙、綠豆沙，路人光顧只好站着吃。喂！一碗「鴛鴦」。吃「鴛鴦」的人真多。小街轉角處，居然擺着四擔柴，還沒有破開的柴，甚麼人家每頓飯依舊繞着炊煙？神器店裏大大小小的紅漆神龕，門官土地、某門堂上歷代祖先，正等待某家宅請回去供養……

總說社會變化大，新浪潮一層又一層，這些古舊風貌竟仍悄悄地存在，又是怎麼一回事？逛閑街，不該想大問題，繼續向前走吧！

於是……我看見……

一九八一年九月二十九日

大街風情

愛一座城市，從愛一條街開始。

車塵起伏，我走過香港大街。

追念一幢幢舊建築物的原來模樣，眼睛很不適應、腦袋很不適應、感情很不適應、記憶很不適應……

思豪酒店、中環郵政總局、香港大酒店、連卡佛大廈……突變為亞歷山大廈、環球大廈、置地廣場……一代有一代的面貌，一代有一代的名字。

可是，不必等一代，鏡頭快速跳接：渣甸變怡和、怡和變會德豐、會德豐變隆豐，隆豐變回會德豐。奔達變利普，樂康變和記，同一座大廈，換一次主人，名字轉一次，商貿節拍，沒有留戀，沒有回憶，一切向前狂奔，這叫做進步？也許是，應該是。

台北，情況跟香港差不多，但她有一羣對她懷着深深思念的專業者，對一個行將面目全非的城市，用一種專業而情深的方法，記錄了變化過程。這羣人選定三條風格迥異的大街，認真地捕捉它們的時空變化，既有觀察，也有體驗，有資料，有感情。然後用最體貼又不枯燥的文字，用最適當的圖片，出版了一本書。他們說「我深愛台北，可以為她哭泣，也可以為她歡笑，很希望有更多人一起來愛這座城市、懂得去欣賞她、閱讀她。」

愛一座城市，從愛一條街開始。他們融入感情地去細細讀一條街。

聽説香港正也有一羣人着手做類似的工作，我等待着。

坊間常見許多掌故式的、懷舊傳説式的香港舊貌紀錄小書，可是執筆的人，往往既欠專業，又缺乏對香港的深情，筆下不是呆滯就是輕佻，令人讀來很不是味道。

台北有幸，有一羣有才有理有情的讀者，細認她的風情。

一九九四年四月一日

▶小思收藏的思豪酒店廣告

行街（組畫之一）

百子里、三家里、士他花利街、威靈頓街，足下香港，敲出獨特的城市音符。

中環上環，仍然有許多有趣的街景。

沿荷里活道向西走，專為西人而設的東方風采，專為香港人而設半西半中的品味，混和在一條街上，中西文化交流變得如此具體，不必搬許多學術名詞，往那裏走走，像讀完一篇文化論文。

新建築物特有的油漆灰水味還沒散去，添福，説有多俗氣就多俗氣的大廈名字。不，多中國就有多中國的農村身世。

由三樓走下來（三樓？2字樓？）已經看完極富泰、豪華、雅致的紙張，一樓是個藝廊，劉掬色版畫在那兒展出。柯式印刷機、彩色影印機、拼貼……對我來説是陌生的畫具和技法。寂寞的畫廊，「窗外香

▼劉掬色《窗外香港》

港」的燈光，忽然閃亂我的心神，遙遠、模糊、錯綜點染如在夢中，我幾乎忘了看窗內的世界。燈光竟成一種羈絆，微弱卻深厚。然後，「六月裏的一個早晨」，另一段時空，我故意把視線迅速移開，卻又不忍地再深深注視，凌亂如幽靈的影象，畫家彷佛也有點煩燥，畫面上透露了粗暴的痕迹。

冷靜的牆壁上，掛着熱切的顏色。我沿梯而下，西方的懷舊迎上來。蹲下去看一個桃木小櫃，小抽屜最好盛載小小中國白玉飾件。我拉開抽屜，又關上了，坐在寫字桌前的人抬頭說：隨便看看。

隨便看看，隔壁就是卑利街。

街邊老婦攤開一地舊衣服、雜物，五元兩件，她對我說。宏昌醬園的冬菇蝦米髮菜腐竹霸佔了整段行人路。久違的酸筍味吸引着我，那種酸鹹得很曖昧的氣味，很熟悉，酸筍蒸魚雲，只有母親和我吃。

百子里、三家里、士他花利街、威靈頓街，足下香港，敲出獨特的城市音符。

一九九四年十月廿四日

行街（組畫之二）

有些街景已經消失，
我永遠如此後悔。

攝錄機那麼方便，我也買了一具，但行街的時候，總忘記帶在身邊——也沒有理由，天天帶住一個小機器，滿街走。帶着，也後悔有點遲了，有些街景已經消失，我永遠如此後悔。

沒有拍下利舞台、沒有拍下灣仔循道禮拜堂。那天，我正在想灣仔洛克道的四層高連走馬大騎樓的舊樓，只剩下了舊日風光極度的巴喇沙舞廳那一幢了，該拍下來。走馬大騎樓？怎麼走馬？一時間難對青年人說得明白。想都沒想完，它就拆了。

灣仔還有幢四層高唐樓，是間當鋪、掛着大押字樣。進門一塊大木板，紅色押字擋住街外人的視線。也遮住高高在上、有鐵欄柵的櫃枱。我沒進去過，只在粵語長片中看過，廣東人叫進當鋪做「舉嘢」，

把要當的東西高高舉起來給朝奉定價。小時候，常常擔心，萬一要去「舉嘢」，自己生得矮，怎樣才可以把東西遞上去。有一次忍不住把這憂慮告訴母親，她瞪着眼：「癲嘅，好諗唔諗。」

這幢當鋪要拍下來。

深水埗幾家阿伯坐鋪的小金鋪，轉眼就會消失，新填地街大桶涼茶鋪也保不久了。我不買金飾，不飲涼茶，忽然，發現潮流興買金，是站着看站着買，沒有阿娘阿婆坐上半天磨價的風景。涼茶鋪燈火輝煌，牛奶木瓜、芒果西米撈（西米撈？），涼茶變成配角，但也不便宜。偶爾一家，兩個大銅壺，擦得閃閃生光，過於張揚，已非昔日貧下階層放下一毛子，就可解暑治病的樸素。

小金鋪小涼茶鋪要拍下來。

「上海灘」，扮古老的店面和櫥窗，很可笑。灣仔洛克道曾有過一間沒有門的裁縫鋪，大裁牀一張，鋪着發黃白布，裁縫佬穿白笠衫，軟尺搭在頸後，一切順其自然。

沒有拍下來，只好腦中重播。

一九九四年十月廿五日

是「駱克」還是「洛克」？

從街名可窺探一個城市的身世。香港曾為英國殖民地，許多街名都以治港英人的名字命名，其中「駱克道」就譯自十九世紀末時任輔政司 J. Steward Lockhart 的姓氏 Lockhart。「駱克」是官定譯法，譯名用「駱」，也許因為「駱」是中國姓氏。有趣的是，許多灣仔老街坊卻記得從前「駱克道」的路牌寫作「洛克道」，到底何以有此一說，現已難以稽考，反正今天許多人連駱克道名字的由來都不知道，是「駱」還是「洛」也不必深究了。

不過，史超域•駱克先生大概想不到，當年以其堂堂輔政司命名的街道，後來漸漸演變成燈紅酒綠之地。駱克道頭段因為鄰近碼頭，在香港回歸前是外國水兵上岸消遣的集中地，該區酒吧的生意興旺，夜夜笙歌，人稱這段為「酒吧街」。踏入連接柯布連道一段，滿街是地板、燈飾、牆紙、室內設計的店鋪，氣氛驟然不同，是一片老實營生的景致。數步之遙，風景各異，必須親身走走，才能感受這份「行街」之趣。

我的灣仔太小了

不能純粹為了懷舊，而反對一切重建。現在我們看到的灣仔，跟二十年代的灣仔已經很不一樣，不能要求所有東西永遠牢固不變。

四十年代末修頓球場

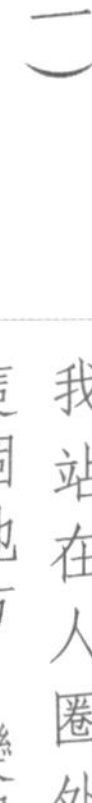

灣仔（之一）

我站在人圈外邊，忽然，這個地方，變得非常陌生。

黃昏已過的時分，走經灣仔街頭。

修頓球場人聲起哄，一場小型球賽正鬥得熱烈。高架射燈使場邊人的面貌一點也不矇矓，他們完全投入急劇流動的場景中。我站在人圈外邊，忽然，這個地方，變得非常陌生。

那時候——該是很久很久以前了，修頓球場還沒鋪上水泥，四邊還沒圍上欄柵，一切顯得很沒建設、沒秩序，但，我可以清楚記得那個角落，擺的是甚麼攤子，大帳篷在東北角架起來的是夜市心臟節目：「咚咚喳」。我不知道它的正式名堂，父親總說：「我們看咚咚喳去。」而大帳篷外邊，總有人敲着鑼鼓，單調聲響就是：咚咚喳。賣藝者響亮的呼叫，告訴人們帳內表演些甚麼。有時是深山大野人，有時是軟骨美人，有時是吞火吐火，甚至有時只擺着一隻兩頭雞。給一角錢，就可以進帳裏去看。通常，節目怎樣叫人失望，看過的人走出篷帳時，總笑哈哈的，父親說只是一角幾分，不要太認真，反正，不好嚇怕了站在外邊等進場的下一班觀眾。中央地區多散擺着賣武、賣藥、賣涼果的小檔，彼此之間，沒有劃定界線，外邊圍着一圈人就是界線。每圈子裏都有盞大光燈，其實也不算太光，暗黃的燈光剛好照亮了小檔主人。

賣武的總光着上身，腰間束條已經有點霉氣的紅帶，或者只把黑色唐裝褲的白褲頭打成結實的方型結。他們總愛把胸膛拍響，說一套江湖老話，偶然舞動一下紅纓槍、單刀之類，對於這，我沒多大興趣。雖然賣涼果的沒大看頭，但看完後父親定會買一角錢有幾粒的話梅或甘草欖，就很夠吸引力。看小攤，其實也不太舒服。父親不許我蹲在人圈內圍地上看，只讓我騎在他肩上。七、八歲也不太小了，看完一場雜耍，父女倆都會感到吃力。

但無論怎樣，儘管家與修頓只是一街之隔，能去玩一個晚上，已是童年最興奮的夜間節目之一了。

這個陌生的地方，原來曾盛載過我童年的歡樂。

一九七七年七月五日

灣仔（之二）

偶爾路過，大概那幾幢舊樓的原因，挑起一個老街坊的絲絲憶念。

沿着軒尼詩道走，這條曾經十分熟悉的大街，這條夢裏屢屢出現的大街，如今，面貌都改變了。

抬起頭，大廈窗子，一格一格，離得我好遠。幾幢還沒拆掉的舊樓，夾在許多大廈中間，雖然有點滄桑、坎坷，但只要細細看每層樓房的騎樓，那些窗子仍給人高大寬闊的印象。都市繁榮，有時必須犧牲許多舊有的東西——無論好的壞的。不知道甚麼原因，它們還沒拆掉。

我走過兩個街口——自從老屋拆掉後，已經很久沒細看這街了，許多店鋪中，我還認得幾家？只有一家賣帆布牀的，一家專門縫製工人服裝的，一家賣火水汽油的，半家電器店。裏面坐着的再不是從前會逗我說兩句話的老闆、老闆娘。年輕、陌生的店員，閑閑坐着；偶爾，一兩個詫異地投我一眼，為的是我站在外邊看他們，又如此毫不相干。

轉入洛克道、渣菲道，一撒溪錢從高廈飄飛下來。舊建築拆掉又怎樣？依然沒拆掉那些古老、悲哀的行業。為了這行業，灣仔，這名字，在許多外國人心目中，會引起無數蠱惑聯想；

▲六十年代修頓球場

也曾使住在灣仔的良家人等生氣。小時候，儘管常被醉得七顛八倒的外國水手嚇個半死，一旦碰上有人說「灣仔很雜」，總忙不迭為它辯護。十多年後，才明白那種辯護是徒然的，但人總該有過如許天真感情。

一帶霓虹燈比從前多彩，閃耀着的名堂也奇異，街上卻顯得冷落，除了某些店子門外，幾個站站坐坐的「閑人」，路客多是匆匆。許是歡樂時光未到？還是這角落已漸趨凋零？

別疑惑，這已經是幾乎完全陌生的灣仔了。

偶爾路過，大概那幾幢舊樓的原因，挑起一個老街坊的絲絲憶念。懷舊，恐怕不只是生活得過於平淡的人，討點苦頭來折磨一下自己的玩意；而該是一種追溯本源的沉厚感情的重現。假如，把懷舊當成潮流，未免太污蔑它了。

一九七七年七月十二日

街坊情結

情結，結成一區的記憶。

「舊時風景，結伴重遊」，葉輝如此說。看了題目，不禁心中一喜，只因我剛在灣仔聖雅各福羣會老人中心，也做了相同的事。

細看內文，原來大不同。他們利用新科技，結伴重遊於電郵之中，我卻與老街坊面對面，口講指畫，重證一區舊時生活。畢竟是兩輩人了。

我們講灣仔。我們講貧苦。我們講生死。

灣仔有英京酒家、悅興酒家、新亞怪魚酒家，很高級的，街坊都記得清楚，但都不是說去吃過。「是呀，好威風，人家擺酒燒大串炮仗。我們看得很開心。」「穿長衫馬褂的人夜宴王夫，在英京。我們窮呀，躲在對面天台偷看，人家好熱鬧。」「我鍾意灣仔，我在灣仔賣了幾十年菜，街坊都認得我。」「我窮，只好幫襯經濟飯店，波地近盧押道那邊呀！」「大炸灣仔，我記得。死了許多街坊。灣仔郵政局隔壁，衞生局，死屍一疊疊，塞滿晒。」……

一列列唐樓，形成小區生活，街坊浸染其中，有情有景，莫失莫忘。久居的人，無數記憶，沉潛入骨，只要有誰開了話題，沉澱心底的歲月，就如翻江決堤衝出來了。

垂直拔高的建築物裏，沒有街坊。唐樓連成的縱橫結合街道，才有街坊。人際就靠朝夕相見，以熟知景物連結起來，街頭街尾，有似淡還濃的情誼。

情結，結成一區的記憶。我喜歡「街坊」關係。

二〇〇五年九月一日

灣仔舊貌

原來不必待市建局來動手，灣仔早已年華暗換，舊貌全非了。

同一個地區，不同年代有不同樣貌，鑄就人們不同記憶。同是灣仔，年齡各異的街坊，腦海中留下的痕迹，大有分別。

三四十年代出生的灣仔街坊，心中口中，都沒有「藍屋」的印記。我在石水渠街灣仔醫局出生，青少年代在那裏來回走動，根本只見顏色灰白的唐樓，變成藍屋，恐怕已是八十年代末的事了。

灣仔有些舊景已逝，追不回來，你一說「新亞怪魚酒家」、「悅興酒家」，我就知道你是甚麼年代的人。我一說洛克道街頭美國水兵，老一輩又會知道我是四十年代的人了。

我懂事之前，灣仔面貌如何，我說不上。忍不住抄下一九三五年的文字如下：「灣仔新填地一帶，跳舞院如春筍般林立。黃昏後，抑揚

▲五十年代春園街

柔和的音樂聲，就從三樓或者四樓上邊分播下來。這些跳舞院的規模並不很大……舞女幾乎全數是中國的少女，可是舞客卻也不少是英國的水兵。」這段記載讓我明白新填出來的高士打道、渣菲道、洛克道，一九三一年建了樓房，就已有聲色行業，而那時候來的卻是英國水兵。

我路過灣仔道、春園街，幾乎沒有一家店鋪是舊識的。整條春園街，只有公廁還在老地方。那天我站在公廁前，才猛然發現它也變了身，一半變成了垃圾房，一輛垃圾車正徐徐倒車進去。

銅鐵鋪呢？蛇鋪？生草藥鋪呢？

原來不必待市建局來動手，灣仔早已年華暗換，舊貌全非了。

二〇〇六年八月十八日

編注：高士打道乃告士打道舊稱，渣菲道、洛克道是昔日灣仔老街坊給謝斐道和駱克道的別稱。

▼二十年代石水渠街

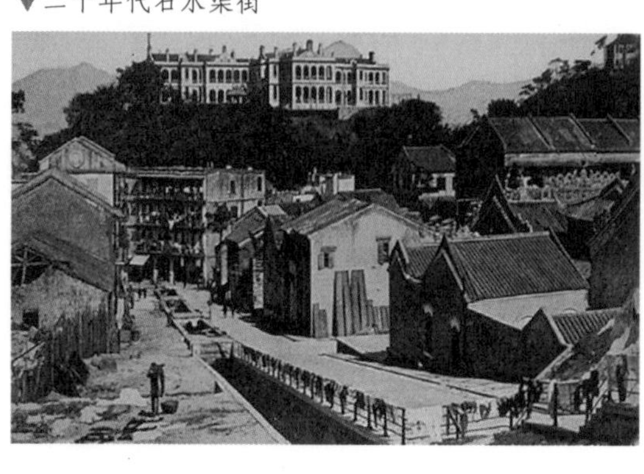

我們的石水渠街

可是在這條街上，我呼喊出生命第一聲，吸入第一口人間空氣。

我們的石水渠街！我也能這樣說嗎？

灣仔區議會與聖雅各福羣會合作，做了一個街史運動的口述歷史，以近來說得沸沸揚揚的石水渠街為例，記錄老街坊記憶光影，雖然簡單，仍能隱隱然留住一條街的滄桑故事。

讀着讀着，發現我不是街坊，不像幾位口述者一般，與石水渠街結下幾十年不解情緣，可是在這條街上，我呼喊出生命第一聲，吸入第一口人間空氣。

我在灣仔診所分局出世，母親不肯由接生婆經手接我來這世界，儘管分局還是很簡陋。四十年代它還存在，低矮紅磚建築，外貌不揚，每逢路經，母親總會説起，與姐姐出生後相隔十一年才懷有了我，有點高危，不放心給土法接生，就去西法的分局了。小時候，對甚麼出生地，沒有強烈感情，記不住分局樣子，但對石水渠街仍留下深刻印象，是因為契娘曾住在那裏。

其實，契娘是我家的女傭，舊日賓主情誼深厚，她帶我成長，母親就要我叫她契娘。和平後她在石水渠街開了家庭式洗衣店，為了那兒有天然水源，屋前有大塊空地曬晾，方便工作。我常到她家去玩，也幫她從竹杆上「收衫」。因此，在陽光下，聽過不少石水渠的潺潺水聲。

二〇〇六年十月十四日

石水渠和藍屋

現在到訪石水渠街，也許有人會問：「何來石水渠？」石水渠街建於一八五五年，原本是一條從摩利臣山和醫院山入海的小溪，兩邊用石砌高牆作防欄，主要為居民和路經附近的洋行船隊提供食水。小溪在三十年代改建成露天明渠，當時小孩喜歡在渠中捉魚嬉戲，大人則用水渠的水清洗衣服。水渠至六十年代被政府填平，改為暗渠。

二十年代以前，小溪附近有一所「灣仔街坊醫院」(又名「華佗醫院」)。醫院規模雖小，但在不少人心目中卻意義重大，因為它是香港第一所華人辦的醫院。醫院後來在二十年代關閉，改建成四層露台式唐樓，除了用作住宅外，不少武館、醫館、義學、雜貨店等也曾在內開辦。至九十年代，唐樓被政府髹上藍色油漆，因而得「藍屋」之名。不論給髹上甚麼顏色，不變的是這幢唐樓是石水渠街的重要標記，它曾陪伴不少灣仔老街坊成長，現在更成為香港一級歷史建築。縱然石水渠消失了，還有藍屋陪着我們一直走下去。

▲藍屋

▲藍屋的林鎮顯醫館

太平館餐廳

單是這個櫥窗，內置新款西餅，就與街頭新亞怪魚酒家的魚池，成了灣仔人的記憶雙豔。

第五代掌舵人說如何管理百年老店，講新舊形式的磨合，總覺距離我記憶中的太平館餐廳很遠，忍不住還得說說它在四十年代末到五十年代的故事。

應該從灣仔動寧道——今天稱菲林明道八號地鋪講起。

那段短短動寧道，就有四家餐廳：二號的動寧餐廳、四號的南島餐廳、六號的紐約餐廳和八號的太平館餐廳。門面以太平館最特別，大門側開，正面一半用了當年最流行的玻璃磚，另一半是個陳列西餅的橱窗。單是這個橱窗，內置新款西餅，就與街頭新亞怪魚酒家的魚池，成了灣仔人的記憶雙豔。

太平館，不是窮等人家去的餐廳，天天路過，總愛探頭看看西餅。母親喜歡坐餐廳，卻多去天樂里的北極，我們是窮等人家，故只去過太平館兩三次。正因如此，一進去，裏面佈置印象特別深刻。木的卡座與中央的方桌、水吧，都是三十、四十年代的風格，要看舊貌，九龍尖沙嘴店內牆上，就掛着足供憶舊的照片。回想起來，母親只愛吃瑞士雞翼飯，我也只記得這菜式，時至今日，進太平館，我還是吃它。這甜醬油味的雞翼，名叫「瑞士」，剛好作為早年師爺英語翻譯的笑話例子，據說 sweet 與 Swiss 二字發音差不多，甜就變成瑞士了。

它的樓上有家「青春攝影院」，學生照都在那裏拍，它的隔壁是利興士多，三店構成一幅青春圖畫。

二〇〇七年七月十五日

東方小祇園

▼五十年代軒尼詩道東方小祇園

如果像太平館般出版一本紀念集，老店身世，一一呈現，就是民生歷史一頁。

原來那是真的老店，一九一八年成立。但它進入我的記憶系統，卻在我懂事以後，也就是四十年代初，我已可受母親之命去買五毫子齋鹵味的日子。

我家在軒尼詩道一九五號，它在二〇三號，佔着菲林明道轉角處。查察地契，那地段二十年代末才填海得來，一九三〇年代初建成樓宇。大概我家與它同時存在。

這家素食店，正門玻璃櫥窗幾格擺着一盤盤齋鹵味，深黑色的齋鴨腎、淺褐色的腐皮、淺黃色的咖喱軟齋、鮮橙紅色的酸齋……五毫子一大包——負責用大鉸剪把一件件齋嚓嚓剪碎的老伯好人，總會給我多一點，與悅興的叉燒契爺、奇香燒臘的夥計一樣，總會給我多一點，母親說因為我有禮貌。通常我會拿一隻搪瓷花碟去買，如果不是，老伯會先用一張蠟紙墊底，再用紙袋袋好，一點汁也不漏出來。

在沒有多款零食的年代，小祇園的棋子餅與中發麪包公司的煙仔餅肚臍餅是三絕。母親說棋子餅太甜，不大讓我吃，但一年一度四月初八佛誕的蔗蕘餅，卻是必然食品。

小祇園堂吃設在閣仔和二樓。地面有樓梯迴旋先到閣仔，再轉上二樓，母親只帶我去過兩三次——父親不喜素食，母親和朋友才會去，印象最深的是羅漢齋炒麪。

它的容貌在好幾個角度給人拍攝下來，不知道攝者是誰，讓我清楚記住它的外貌，可是內部裝置卻忘記了。現存在灣仔的兩家店，不知道有沒有保存內部舊照？如果像太平館般出版一本紀念集，老店身世，一一呈現，就是民生歷史一頁。

二〇〇七年九月廿九日

◀蔗荽餅

灣仔警署的記憶

那座四平八穩的差館——我們那時代不叫它警署，拉你上差館吖嘛！

面對海旁垃圾碼頭，高士打道一〇九至一一三號是敦梅學校第三校舍，也是高小時代上學最久的地方。

那座四平八穩的差館——我們那時代不叫它警署，拉你上差館吖嘛！很順口，就在學校旁邊，一一三號。通常小學生活動行走，下了樓梯，多向左轉，返回菲林明道旺區。向右轉沒幾家店鋪，除非去同學李克妹或陳株家玩，我們甚至怕經過差館門口。當年差館門口，有一幅告示牌，通常貼滿緝捕犯人通告，上有犯人照片或圖形，樣子多兇神惡煞，我們不敢多望一眼。更奇怪的是人人都會不自覺走快幾步，大概與小孩子深信「生不入官門」有關。自從李克妹改名李靜雯搬走，

▼三十年代灣仔警署

陳株在一場颶風中，從騎樓給吹下街跌死，我班同學也完成小學階段，各自四散升學，都不再右轉經過差館了。

幾十年，它旁邊的樓房拆了建新，又再拆建新，有時我站在華潤大廈對面，用從前不會看到的角度，（我們怎會在海上回望岸上？）凝望着差館，依然故貌，卻顯得甚矮小，甚麼叫滄桑歲月，就立刻呈現了。偶爾一次路過門前，竟見塗上花彩圖畫，玻璃門內潔白光亮，沒一點記憶中的陰森詭異，甚麼時候改變，我沒有頭緒。

看報說它要「活化變酒店」，標題「歷七十八載，灣仔警署周五落更」，落更，這個詞用得真蒼涼。彷彿見一垂垂老去的老差人，緩緩走向槍房，解下佩槍，完成任務。變成酒店？也許在以旅遊消費為重的城市，心思總纏繞在要遊客花錢身上，反正地近金紫荊廣場，改成酒店，乃最划算。

我看着落更的它，仍很熟悉。無法想像他日豎起霓虹燈，打扮起來的樣子。

二〇一〇年十二月五日

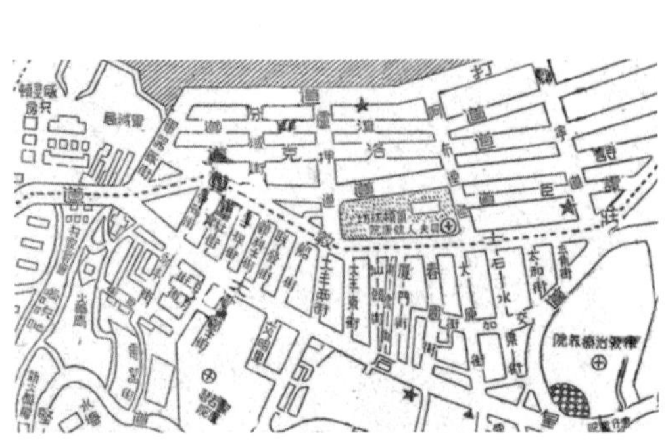

我的灣仔太小了

我的灣仔太小，濃縮得只有幾條街，幾十列唐樓。

有人來訪問要我談灣仔，我怕得很，因為記憶中灣仔早已失去，老講舊灣仔，連歷史痕迹都抓不住多些，只在舊照片中，指點傷情。青年一代講甚麼藍屋、綠屋、喜帖街，對老灣仔人來説，更不是滋味，那都是新痕，我們老一輩沒資格嘮叨。

早在一九九二年，港灣道十八號的中環廣場出現，我就苦笑跟友人説「灣仔失守了！」當然，七十年代高士打道不再在海邊，一幢幢高廈建成，藝術、行政中心移到新填地來，灣仔就身份有變。等到七十八層大廈聳立，身處灣仔，竟命名「中環廣場」，這算何道理？往好處想，浙江街在九龍，比華利山在香港，顯示浙江人住在九龍不忘本，傾慕比華利山風華的人試把它重現在香港。如此推論，可作如是說：行政人念念不忘中環，移至灣仔，仍把名字帶去，標誌風光。

最近讀灣仔區議會出版的《灣仔風物誌》，才發現灣仔變大了，把大坑、銅鑼灣、跑馬地、司徒拔道等區收編進版圖。甚麼時候，灣仔把這些區都吞佔了？仔細回憶，心目中，灣仔範圍，向東不過怡和街，向西不過大佛口，向北貼近高士打道海皮，向南稍越皇后大道東到堅尼地道。這沒有官方考證，只是三四十年代老人的印象。原來，灣仔富起來，大起來了，可是已非本來面貌。翻閱該書，像讀一本陌生人照片冊，吃喝玩樂、毫無故人感情，完全非我的灣仔。

我的灣仔太小，濃縮得只有幾條街，幾十列唐樓。十數所學校、一個修頓球場、幾間戲院、兩座殯儀館、百家店鋪、茶樓、大牌檔、街市……柴米油鹽醬醋茶，街坊閑話，人情足以跨街越巷。

我的灣仔，是濃縮版的。

二〇一一年一月廿九日

增值的遊蕩

逛那幢建築物時，我自然會順道逛一逛附近的街道，這種隨意逛的意外收穫有時比刻意安排的還要有驚喜。

遮打花園

如果說我對這塊小小園地，情有獨鍾，也不過分。

只要路經遮打花園，我總會進去逛逛。

如果說我對這塊小小園地，情有獨鍾，也不過分。

面對電車路、園的外圍，有許多棵高大樹木，牠們移植到那兒的當日，我正路過目睹……當日，是指我八九歲時候的某一天。我跟父親逛閑街，正走到這個木球場外。這個地處熱鬧心臟地帶邊緣的木球場，一片

▶一九四一年香港木球會（即今遮打花園）

市區難得青草地，只有一排短鐵欄柵，就把牠跟外面的人隔得很遠。平日，牠是靜悄悄，青蔥草地上只有幾隻小麻雀在享受悠閑。到了黃昏或假日，就有許多外國人穿了白衣褲，在玩一種我看來看去看不明白的球，也有人坐在紅磚房子簷下閑聊。父親說這塊地是外國人才能進去的。為甚麼我們不能進去？小孩子不懂追問。當日，工人正在鐵欄柵內忙着植上幼樹，瘦瘦弱弱，高度跟我差不多，父親說我會長高，牠們也會長高。以後，每次路過，我不忘看看牠們。年復一年，牠們已經參天，我還那麼矮小，感謝父親給我留下一個那麼深刻的笑話，也叫我難忘這塊只有外國人才能進去的草地。

等到有一天，鐵欄柵拆掉了，青草地也沒有了，但卻多了供人休憩的建築物，植滿草葉的長廊，原來參天的樹木仍在，又加植了垂柳，小池拱橋，小園地忽然「豐富」起來。我第一次踏進去，就趕快站在園中，抬頭望那幾棵樹，因為我從沒有機會自這個角度看牠們。牠們的背景竟是希爾頓酒店、中國銀行，對我來說，是又陌生又奇異。

由鐵欄柵圍住的木球場，到人人能進去閑遊的遮打花園，裏面已經包含了許多歷史故事。如果說我對這園地情有獨鍾，那就只因為我對歷史的演變，有太深的印象了。

一九八五年二月十六日

看銅獅去

威武張開了大口的一隻，竟然負了那麼多傷痕，一個個洞，裂得深深的。

眾人上班辦公時刻，我走到中環匯豐銀行總行門前。門前？哪裏算是門？舊日的三道銅門，我記得清楚。但甚麼後現代主義，一時弄不懂，只知道新的建築，活像一所未完成的工廠，裸露着冰冷的死硬的身軀。沒有門，視線自德輔道穿透到了皇后大道中，電動梯橫切了大堂中間，大堂？那不該算作大堂，乘電動梯上去一層，才算正式的銀行辦公大堂。乘？是企。是站。

忽然，我竟發現許多舊日慣用的概念、詞彙都變得不正確。有門沒門、大堂、是乘是企……迷糊迷糊，我只好笑。

我是有意特地走到中環匯豐銀行去的，為的是看那對銅獅子。

活在香港幾十年，原來從沒有細細看過那對獅子。去看，去撫摩一下，去查看雕塑家的英文名字。

不是吳冠中在文章裏提到，我並不知道那對銅獅是國立杭州藝專的外籍教授魏達所作，遠在一九三五年，林風眠當校長的時代。果然，W.W.WAGSTAFF 的簽名，深深刻在銅座上。

威武張開了大口的一隻，竟然負了那麼多傷痕，一個個洞，裂得深深的。甚麼時候受的傷？五十年的歲月，牠開了口，卻沒說話。

我繞着獅子走幾圈，一個大概在等人的人瞪着我，又不像遊客，這個人要看甚麼？一個土生土長的香港人，第一次細看那已經在那裏幾十年的獅子，先生，你明白嗎？

他當然不會明白。

我摸摸牠的指爪，尾巴。有些已給人摸得發亮、黃澄澄。

哦，原來我連銀行的名字也說不全，它叫：香港上海匯豐銀行。

一九九四年一月十九日

銅獅上的歷史痕迹

守在香港匯豐銀行總行門前的這兩頭雄獅，張嘴的一頭是「史提芬」（Stephen），取名自當年提議放置銅獅的香港匯豐銀行總行總司理史提芬（A.G.Stephen）；另一頭名為「施迪」（Stitt），取名自當時上海分行經理施迪（G.H.Stitt）。這兩頭銅獅每隻重2,250磅，是上海匯豐銀行總行門前銅獅的複製品。這兩尊銅獅自一九三五年起，就守在香港總行的門前。

一九四二年，日本攻佔香港，當時物資緊張，日軍便把銅獅運至日本港口貨倉，準備回爐取銅。戰後，銅獅被美軍發現，並運回香港，銅獅身上的疤痕也保留至今，是香港「三年零八個月」的歲月見證。

二〇〇九年，上海匯豐銀行又以香港總行外的銅獅作藍本，複製一對新的銅獅，放置在上海總部大樓外。他們仿鑄銅獅時，特意保留獅身上曾被日軍破壞的痕迹，以銘記這段充滿傷痕的歷史。

洋式舊書店

走出店外，我仍遙遙的看着那些香港海報。

董橋筆下洋式舊書店，千態萬狀，對逛慣中式舊書店的我來說，只能嚮往一下，一來香港難尋洋式舊書店，二來我不懂洋文，又無洋書版本知識。在巴黎，蓬草帶我去著名莎士比亞書店開眼界，我也只在裏面嗅嗅洋書香，摸摸翻翻硬皮布面，感受一下人家書店品味而已，直像個想吃麻辣卻又受不了辣的人，走進正宗四川飯店，徒呼奈何。

那天在中環太子大廈閑蕩，只見一店明亮玻璃櫥窗內擺着古老海報，店盡頭牆上也掛着兩張曾景文畫的香港旅遊海報，我駐足細看，才發現原來是家專賣舊地圖、舊洋書、舊洋電影海報招紙、舊明信片的店鋪。樣子太不像舊書店，像間甚麼名店，但我依舊走進去，因為海報都與香港有關。

航空公司以香港為背景的海報，大大一張，六十年

代氣息很濃。最吸引我的是一疊三四十年代香港酒店用的貼紙，勝斯酒店、思豪酒店，熟悉名字如見故人。難得的是紙質顏色保存極佳，這等舊物，一般香港本地店不易見，看看標價，五百元到九百元，我摩撫一番，還是忍手放下。幾架洋書，特別標有香港二字的，我也去逐本翻翻，儘管不算老書，價錢倒訂得可觀。還有一架初版書，擺得太高，我沒取下來看。曾景文的海報連框架售價一千二百元，店員說不連架九百元，我問了一個很笨的問題：是複印的嗎？店員忍住氣很有禮貌輕聲說：不是。

走出店外，我仍遙遙的看着那些香港海報。一位男士正走進去，拿起那張航空公司廣告與店員說話，像個熟客，看來他買定了。

這是我第一次逛香港洋式舊書店的經歷。

二〇〇七年十一月十日

增值的遊蕩

我倚在無名小橋欄杆，看橋下流水，竟有游魚，渾忘鬧市在旁。

熟人如遇見我獨個兒遊蕩，在街頭莫名其妙地駐足，也不曉得我在觀看甚麼，會看得那麼出神。這是我逛街的習慣。

近來天氣實在好，碧澄天空，好日當頭，最宜遊蕩。

沿車公廟道走，走進一九九四年重建的車公廟。廟堂規模比舊時大了，很規矩的樣子，不像民間一般所見。平日仍有善信進香，頭髮

染黃的青年，正扯直嗓子為老人家代禱，與從前聽過的祝辭腔調不一樣，新一代廟祝，讓我開了眼界。

我要到香港文化博物館去，以往總由沙田新城市廣場那邊走，今回沿城門河邊，倒見另一番風景。白鷺在河岸間飛翔，一派悠然。偶棲息禿樹梢，又似寒枝獨守，我倚在無名小橋欄杆，看橋下流水，竟有游魚，渾忘鬧市在旁。

當然，先參觀「兒童樂園——羅冠樵的藝術世界」。《兒童樂園》全盛時期，我早已不是兒童，但仍愛羅先生的淳樸兒童世界，對他的繪圖插畫，十分喜好。這次展覽，可重溫一遍，更多接觸了他的國畫。再去看「戲台上下——香港戲院與粵劇」。舊日東西，是我最感興趣的。源碧福女士捐出太平戲院的舊物最令人感動。香港歷史感薄弱，難得這家人如此厚情，留下許多珍品，為香港戲院史保住重要一頁。我流連在展櫃前，細看文獻票據，在價目、票價數字紀錄中，看出一代兩代三代的社會面貌來。「新界文物館」也是一個舊日民生寫照館，八年前好像沒有一些重構舊店項目。年輕人說沒見過打棉胎，那兒的「祥記」門前，就有影像可觀，店內工具齊備，我和兩個青年觀眾站着看，我們都在增值。

二〇〇九年一月十一日

喜見「嶺南之風」

唔？這先聲，露了些顏色：這園不簡單。

我竟然意外地遊了一趟風雅之園。

美孚老居民當然早就知道這個藏於荔枝角公園內的幽雅之所，憑他們好意引路，我先細認了天橋巨柱下的曲徑，原是少年十五二十時，浪漫月夜泛舟的海上。回首看山，高樓所在便是荔園舊地。拐幾個彎，才可到「嶺南之風」——以此四字為一園林命名，有點奇怪。友人說這園林風格，全依嶺南名園格局佈置，由於近年常見內地「假古董」，多似片場佈景，千篇一律，甚麼明清一條街，粗劣不堪。一路行來，心中嘀咕，怕它不過當年宋城翻版，再好也只是康文署手下一般貨色。

轉了彎，未進園門，我腳下踏着的灰色雕花地磚，十分精巧，不落俗套。唔？這先聲，露了些顏色：這園不簡單。

移步園中，但見有曲橋迴廊，有小池假山，有廳堂樓亭，磚雕陶塑，木砌欄杆，周園遍植樹木，在四面高樓中，花窗未能借景，但曲廊小景，也盡得幽雅情味。我從來沒想到香港公家有如此一座好園，儘管那十景命名，還嫌過於生硬，略輸文采，例如「泰然自若」，未配景致。「健康去屣」，未合古風。「北門茵綠」，未免太露，但命題配景的高手，委實不易求得，我們難得有如此清雅一園，就不好苛求了。

這園始於二〇〇〇年，至今快十年，各設置仍保育完好，潔淨如新，草木也見專人細意打理。遊園者也遵守園規，無破壞痕迹。公家園林，有這般風景，實屬可貴。

「志蓮淨苑」，仿唐寺院之制，是大家風範。「嶺南之風」，仿嶺南民間小園，是小家碧玉。在九龍一東一西，各有風采。

遊園去吧，自可領略風騷！

二〇〇九年三月廿一日

微妙中英街

中英各一邊的店鋪，只隔幾步之遙，說兩種生活形式不同，卻似是而非，似非而是。是從前微妙處。

中英街現在還叫中英街，是微妙處之一！

輕易說一句：「這是歷史遺留下來的問題，今天不必再問」，是微妙處之二。

身世微妙，早已聞名。老照片中，界石兩旁各站英殖民地警官、解放軍士兵，神情各異。中英各一邊的店鋪，只隔幾步之遙，說兩種生活形式不同，卻似是而非，似非而是。是從前微妙處。

因為它微妙，幾十年都沒機會去看看，得「考古之友」妥善安排，經九次出示證件進出，好奇心結遂能解開。

沒去過回歸前的中英街，沒法想像兩種不同意識形態如何共存。在一九九九年五月一日開館的「中英街歷史博物館」中，強調了當年喪權辱國的經過，紀錄了一八九九年勘界簽約立界碑的事情。館內歷史記載很官方，是「深圳市黨員教育基地」，是「香港國民教育中心國情教育基地」，當然如此。我翻開留言冊，讀到無署名的參觀者寫下嵌字三句話：「中華百年魂，英烈千秋誌，街分兩邊事」，大概他一時想不出第四句，跛了腳，我不妨試為他加一句：「史注一筆芳」。

一街兩制，只見人山貨海，在中方店鋪前，許多人在交收貨物，奶粉、出前一丁、黃道益……也分不清誰買誰賣。在中港交界，紅磚地是港界，水泥地是中界，遊客興致勃勃界邊拍照，忽然越界，就有守衛前來干預，可是，由港界過來的運貨小拉車卻源源不絕，拉貨工人也不見驗證即可通行，相當自由。

我們要回到港界，就要經過「出鎮大廳」。這個關口，許多內地人拖着貨物排隊，我們因沒帶貨物，另排一行，動也不動等了半個鐘頭，比他們慢。

回到沙頭角，想起字迹不清的界石，很微妙。

二〇一一年一月廿三日

身世微妙的中英街

中英街位於沙頭角，是一條開放式的中港邊界，它不像其他邊境口岸般設有關卡，而是豎立數塊界石以區分兩境。中英街本是「沙頭

角河」，一八九八年英國與清政府簽署《展拓香港界址專條》，租借新界，翌年以這條河作為中港分界線，並在河裏設置界樁，這就是中英街的前身。

三十年代，沙頭角河河牀乾涸，中英雙方改界樁為界石。當時香港市民可自由出入中英街，不少人在界石兩旁設立商店營生。至五十年代，香港政府把沙頭角和中英街劃為禁區，區外人須出示「邊境禁區通行證」（即禁區紙）才能進出沙頭角。成為禁區後，中英街一度人流大減，至中國大陸改革開放後，中英街才再度興盛起來。八、九十年代，不少內地遊客紛紛到中英街購買日用品、布匹、金器、電子產品等，因金器店鋪眾多，中英街曾有「黃金街」之稱。後來國內推行「自由行」政策，大部分內地旅客改訪香港其他地區，中英街又漸漸變得冷清了。

近年，隨着香港商品愈來愈受內地市民歡迎，位於邊境的中英街便成為水貨客的聚集點。政府於二〇一二年開放了禁區中蓮麻坑至沙頭角分段一帶，但中英街仍在禁區範圍內。市民要自由出入中英街，看來還得等上一段時間呢！

深秋未圓湖

怎麼未圓湖的鳥魚如此相融？好一派和平景象。

香港沒有深秋。滿山還綠，如何落葉紛紛？吹來一陣涼風，提醒人應加件薄風衣，那就算深秋了。

中大山腳校巴站，學生匆匆步履。我不依他們常規，獨自走進哲道。哲道？依稀帶着京都哲學之道影子。這條屬於中大的哲道，我卻從未行過。

不必理會左邊的球場動態，

只顧右邊是樹木水池。那已經是黃昏了。鳥雀似未有歸巢之意。偶聽幾聲啁啾，我分不出甚麼鳥，反正清脆可添清聽。白欄杆的曲橋，只有二曲。九曲是基數之盡，二曲是偶數之始，但願中大人曲折不多。快到一曲盡處，既是深秋，連殘荷都沒了，只見荷葉，未有擎珠。在一株臨水樹杈上，站着一隻黑頭背灰白身的鳥，瞪着圓眼低頭看水。原來正有一尾紅魚幾乎在定靜水裏。我以為牠在俟機捕食，等了一陣，弱肉強食鏡頭沒出現，牠卻閉目養神，而紅魚也逍遙曳尾遠去。我趕快去看繫在某棵樹上的「雀鳥說明」，那叫夜鷺，中大留鳥，習性捕吃魚類。怎麼未圓湖的鳥魚如此相融？好一派和平景象。

再上哲道，樹蔭下迎面而來一雙青年男女，依偎低語，款款而行。好美麗的情態。多看了青年情侶在餐桌前竟默然互撥手機，卻無眼神接觸，常感浪漫消滅。今回重見悠然情意，這該是個戀愛好地方。

轉到養德池，乃是舊時相識。我對養德池一名，總感謝那為它命名的人的巧思，由英語的鴨子，轉化成同音德字，讓一池春秋之水，涵養修德，印證崇基「天地立心」、「陶鑄人羣」的信念。

未圓湖，一片好風景。

二〇一二年十月二十日

一道庶民風景

當然，像上海街，或深水埗區內那些面臨遷拆重建的街道，我會特別安排天氣較好的日子——天氣太熱真的不適合逛街——有計劃地把整條街道逛一遍。

貓街

貓街，這條對外國遊客具有吸引力的小街，在我記憶裏，幾乎完全褪色了。小時候，由於父親閑來愛逛地攤雜物古玩露市，一年總會跟他去三四次。當時只知道他叫嚤囉街，並不曉得它的英文名叫貓街。事實上，這街是有點似貓般神祕。打從父親去世後，十多年來，沒想過要到那兒走走。漸漸，它便和人力車、吉慶圍這類名詞一般，在我腦海裏，只跟外國遊客聯在一起。

市區重建計劃實施了，聽說它要拆掉，小攤也得搬家，本想去看看，但不知道甚麼原因，總沒勁兒，就拖到最近。一個外地朋友到香港來，跟別的遊客般，也嚷着要我帶他到貓街去，這下子沒法推，便成行了。誰料，那天我們去得太早，除了幾家小型古玩店外，小攤子都未開市。而我更驚訝，整條街已拆得不成樣子。以往的印象已經模糊，如今是破破爛爛，只好帶朋友朝荷里活道一帶走走，了卻他部分好奇心。

前幾天，偶然經過這條早已沒有建築物的小街，發現佈滿小攤，果然十足露市地攤氣氛，禁不住也擠進去湊個熱鬧。

一個面目乾癟，頭髮斑白的老婦，穿着件有大花邊的民初小褂，坐在賣破爛的小攤前。衣服雖然褪了色，還隱約知道它從前該是鮮藍色的，使人看了泛起「鬼物」的感覺。另一個赤裸上身。條條肋骨顯見的男人，和蹲下來檢視一具舊收音機的人，熱烈的討價還價，彼此說着市井粗話，終於笑着完成了這宗兩塊錢的買賣。那邊廂，舊衣服、舊皮鞋、用過的小電池、生鏽的小鐵釘、破裂了又用膠布黏好的花瓶，和許許多多說不出名堂的破東西，都有細心檢視的買客。看樣子，他們都不是玩古董、有閑情的人，真要買回去實用的。

多少年來，我以為貓街是個旅遊佈景，沒想到它還有這樣實在的一面！

一九七六年九月十六日

霧散之前

這種匆匆一遇的欣悅心情，
在平常日子裏，實在不容易有。

在維多利亞海港上，差不多航了一小時，渡輪還航不出白茫茫的四周，彷彿根本就沒向前移過半步。忽緩忽急的機器響聲，和機輪轉動產生的微微抖動，好像只是個騙局，帶給乘客一種「動」的幻覺。

前方、左方、右方，傳來長短不同的汽笛聲，才叫人忽然驚覺，在迷茫的或遠或近處，會有另一船乘客，正和自己的遭遇相同，毫無自主地由渡輪載着，向要去的渡頭前進。

很難向你訴說一些特別的感覺，例如：原以為自己正航向觀塘碼頭，但衝開濃霧而來的，竟是北角碼頭附近的堤邊石欄，還差幾呎便碰個正着，船舵急劇一扭，避開了，又駛回霧中時的那種感覺。例如：半點鐘過去，探頭向窗外望，甚麼也看不見，不知道自己究竟在哪方位上，又像毫無把握能踏足岸上似的，人們全焦急站在窗前等待。忽地，幾丈之遙，微露對面駛來的一艘船的影子，有人緊張得抓緊窗沿，有人似從沒見過船般喊「船呀船呀」！有人抿着嘴默想撞船後該做甚麼。不到一分鐘，兩艘方向相反的船就那麼近——近得連對船乘客的樣子也看見，然後又分開，各自沒入霧裏。那怕是僅僅一刹那，卻給帶來了莫名欣慰：有人鬆一口氣，有人向對船揮手。畢竟，並不寂寞。這種匆匆一遇的欣悅心情，在平常日子裏，實在不容易有。

一小時的海上迷失、摸索，船終緩緩靠岸了。水手高聲招呼岸上的同伴，乘客有點急亂趕忙離船，穿工人服的男人喃喃道：「那麼遲，

怎辦？」……人上了岸，散向各方，把剛才憂慮拋開，大概又要為誤點上班而發愁了。

濃霧依然，這船正滿載另一批人，朝着相反方向，開始他們的迷失、摸索。

也許，只有迷失和摸索過，才能悟得找住方向的寶貴；只有在海上漂浮過，才明白踏足實地的可喜。

一九七七年三月七日

文華門外

我站在一幢幾層高的古老西式大廈的門外，那必然是個快樂的星期六正午，必然亮着很燦爛的陽光。

透過濛滿水氣的玻璃片，看窗外景觀，沒看見甚麼，一陣風過，水氣忽然散去，眼前景物竟是如許清澈，童年回憶，就是這個樣子……

我走過文華酒店門外——不！我站在一幢幾層高的古老西式大廈的門外，那必然是個快樂的星期六正午，必然亮着很燦爛的陽光。等一會兒，父親就會自對面不遠處的天星碼頭出口走出來，我清清楚楚看得見他從碼頭出口夾在人羣中走出來。乘天星小輪的人都穿西裝，只有我父親永遠穿着唐裝衫褲。天星碼頭就在狹窄的街道對面的岸邊，我站在大廈騎樓底，沒有甚麼能阻擋我的視線，偶爾一二輛汽車經過，很快就過去，從不會擋住我看父親走出來的機會。很久才有一班小輪，如果父親錯過了一班船，我就知道可以走開一下，走到側面空地的停車位去，看看數數停在那裏的小汽車，黑色的灰色的，在燦然陽光下，很乾淨的高貴的停着。我愛看小汽車，只有這裏可以看得見那麼多。不一會，我又會走回騎樓底下，小輪還沒有泊岸，我抬頭看大廈一根一根又粗又大的石柱，灰白蒙上塵，有點黑，撐着的樓底，距離我好遠好遠，陽光跟騎樓底的人沒關係，正因這樣，曬在陽光下，小小的天星碼頭就顯得特別亮，亮得有時我要瞇着眼睛，看父親走出來。父親走出來，他總習慣先抬頭看看大廈的三樓，那裏是黃埔船塢的香港區辦公室，他在九龍上班，不在大廈三樓辦公。我不知道辦公室是怎樣的，只知道三樓外邊掛着好大的英文字母，我認得那些字，合起來卻不懂得怎麼唸。

五十年代皇后行

問過父親，父親在洋人的船塢裏打工，懂英文，但我從沒聽過他說英文，因此，他也沒有把那些字串起來唸給我聽。

他說那是另一間洋公司的招牌，那是一家在上海就辦起來的旅遊公司，世界著名的。父親有滿肚子掌故，我可卻不懂得甚麼叫旅遊，他說就是環遊世界，坐大洋船坐飛機去，去很遠很遠的地方，我並不想去很遠很遠，因為我不知道很遠即是有多遠，父親每天過海去上班，大概很遠了。父親說你現在還小，只有八歲，等十八歲，我就和媽媽帶你去環遊世界，通濟隆會帶我們去，通濟隆就是那些字母。我倒看過《大鬧廣昌隆》，沒聽過通濟隆，父親說那是洋公司的中文名。以後每次提到廣昌隆，我總會想起通濟隆，不過，並不是想去旅遊，十八歲，還有許多日子，我不去想它，反正不知道旅遊是甚麼一回事。但有一次，我問媽媽她要不要去旅遊，她說要，有餘錢就會去，不去環遊世界，去中國，我問是不是通濟隆帶我們去，她說不是，那是家洋公司。我沒有興趣追問下去，只耐着性子等父親從碼頭出來。父親還沒有出來，又錯過一班小輪了。等一下，我們就會沿着海旁往西走，經過一幢幢洋樓唐樓，再走過華民政務司署，當然看見在它對面海旁的統一碼頭。父親走到這裏，喜歡拐進電車路，他會停在百代電器公司門外，看看電器。我卻急着拉他走，快一點鐘了，隔壁先施公司樓上的中國酒樓，要滿客，雖然我們從沒試過沒座位，阿添哥給我們留座，父親說阿添哥是老企堂，好熟落。我還是急着去飲茶，那是個快樂的星期六，站在騎樓底等父親，必然會去中國酒樓飲茶。父親還沒有從碼頭出來，怎麼還不出來？對面天星碼頭在陽光下好閃眼。閃閃閃，天星碼頭退到好遠，我彷彿聽見大笨鐘的響聲……抬頭看，文華酒店大玻璃發亮，不斷的汽車流遮斷了我看對面馬路的視線，我原來站在文華門外。

一九八八年四月二十日

中環天星碼頭由天星小輪經營，自一八九八年起，一直提供來往尖沙咀和中環的渡輪服務。中環天星碼頭經歷時代變遷，不但外貌有變，位置也因填海而不斷北移，與對岸愈來愈靠近。

第一代天星碼頭於一八九八年完工，坐落干諾道中與雪廠街交界，設計簡陋，只由木地板、木柱子和禾稈草搭建而成。一九一二年，第二代碼頭在原址重建，改用混凝土樁柱和鋼鐵上蓋，設計屬維多

利亞式的建築風格。兩代碼頭均位於皇后行前面，即今天香港文華東方酒店前面。

一九五八年，天星碼頭因為填海而被北移至愛丁堡廣場，並易名「愛丁堡廣場渡輪碼頭」，但市民仍愛稱之為「天星碼頭」。第三代碼頭設計簡樸，碼頭上有一座香港僅存的機械鐘樓，這鐘樓和碼頭服務市民接近五十年，是中環著名的地標。二〇〇六年，天星碼頭再度因為填海工程而北移，遷至民光街與民耀街交界，鐘樓也被清拆，取而代之的是一座電子仿古鐘樓。

碼頭經過兩次北移後，若我們要像小思一樣，迎接在碼頭下船的親友，看來要比她當年多走幾步了。

格子鋪

誰會試試在聚腳商場中，開間中年況味的格子鋪，一格有一格的趣味，一格有一格的玩意。

大財團經營的大商場，昂貴租金，迫出了格子鋪！

不去鬧市商場逛逛，也不知道格子鋪開得火熱。據說在英國始創後，早在日本已流行。香港學着幹，內地如杭州、西安、鄭州都跟上了。

旺角、銅鑼灣青年流行區，都開着格子鋪。一兩呎大小的格子，就是一所「店」，有名字的沒名字的，用心擺設的雜亂紛陳的，售賣的都是潮流小東西。那天在一家叫「箱場」的店裏，看見一個小女孩蹲在地上，正把貨品擺進格子中，小心審度，擺左移右，十分認真，真像開店架式。另一個青年在問租格子手續和租金，看來他準備做個短期店主了。

多看幾家格子鋪，發現來來去去賣的貨品太相近，小飾物、漫畫手辦、流行公仔，左鄰右里面目相同。本來，這該是發展個性店的好機會，既然入貨，理應與別不同，何必成行成市？格子主人想創業，就該動點腦筋，世上多千奇百怪東西，蒐購回來，或也可成流行時尚。

閑逛一回，遭逢一件事，令我忽生奇想。

在一賣青年玩意商場中，我是「異類」，逛來逛去，店員多不理會。一個熱心的售貨員迎上前來，「阿婆，你想買乜嘢畀你個孫玩呀？」我說：「我買畀自己玩！」他即時反應如何？在此，我不告訴你，請猜猜。

格子鋪做的是青少年人生意，誰來做中老年趣味的生意？中產者、提早退休者、銀髮族，都有閑情閑錢，高質素高品味的小玩意，也該有銷路。店租太昂貴，當然不易開店，但格子鋪倒可想想。誰會試試在聚腳商場中，開間中年況味的格子鋪，一格有一格的趣味，一格有一格的玩意。那多好！

二〇〇八年三月廿二日

元朗鄉情

人在，人情在，才是活化。保住一間屋，搬走所有人，冰冷軀殼怎樣好，也沒生命。鄉情在，令人放心。

車停在港鐵站前，吓！這是聚星樓？水呢？

原來我只記住中學時代遠足所見的聚星樓。它面臨實地，背後未見藍天。殘存軀體，雖然給四周高樓矮化了，幸我還認得出它舊樣貌。心中本早有準備，不能再求甚麼田園風光，但仍無法接受這樣子的聚星樓。

往後節目是阿濃要回「教學祖家」，得鄧家姊妹弟弟一力串連，安排他重臨舊地，我跟着去，竟也能體認一股温暖鄉情。

幾十年前教過的學生，都蒼蒼白髮了，卻仍聚居鄉間，知道老師回來，一呼百應來了。有人帶着發黃照片給老師一一細認，老師又能講出當年各人特點，我彷彿看到一幕教育電影倒敘鏡頭。師生同遊舊校址，一棵樹、一幢小平房，都滿載他們年輕的夢。阿濃走到曾寄居的祠堂，只見破磚敗瓦，窗子給木板封住了，他指點細顧，讓我看見年輕身影，如何在遙遠不熟的鄉下，打疊鋪蓋，擎燈改卷，孜孜不倦備課的片段。

▼阿濃曾寄住的祠堂

我們去探圍村，去訪書室，去敬宗祠，仍可見鄉人努力用心愛土護鄉之情。當然，都市發展強橫力量似乎已無法抵擋了，舊房子、種植地都被收購了，新屋新廈住得舒服，錢也夠吸力，不是人人能如鄧達智出錢修漏補破守住祖居，政府插手要維護的古迹又不多，變，已是理所當然的了。可是，當我們隨鄧氏人家穿過閭里，就立刻感受一種城裏沒有的温暖，他們見面人人都打招呼，叫得出對方名字，那種閑話家常的親切，並不是城裏人的勉強説聲「得閑第日飲茶」的敷衍了事。

人在，人情在，才是活化。保住一間屋，搬走所有人，冰冷軀殼怎樣好，也沒生命。鄉情在，令人放心。

二〇一一年一月十五日

一道庶民風景

對老一輩香港人來說，講到飲食，心中永存一道難忘風景——大牌檔。

儘管香港茶餐廳風行「天下」：容我說得誇張一點，內地大城市、加拿大大城市，到處可見港式茶餐廳。外國旅遊書也有幾行介紹文字。外地友人來，總不忘要到茶餐廳一試風味。可是，對老一輩香港人來說，講到飲食，心中永存一道難忘風景——大牌檔。

年過四十，在香港長大的中下層人，早年恐怕不少曾光顧過大牌檔——拿個銻壺去買粥買粉、坐在檔邊臨時擺設桌子旁、蹲在檔前長櫈上解決食的問題……形形色色總有過這種生活體驗。它成為許多香港市民共同回憶。

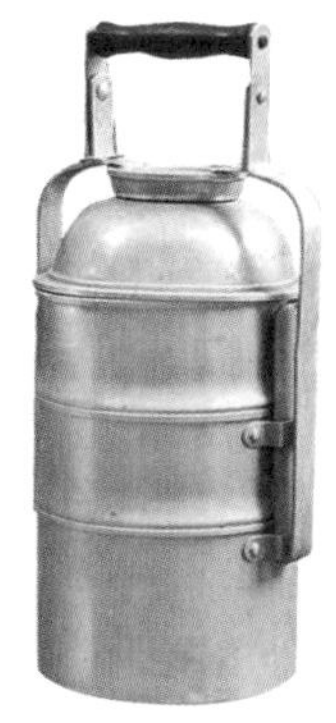

不是相同食物品質，不是毫無特色的連鎖店，往日，每區的街頭巷尾都有個性獨特的大牌檔，各呈首本好滋味。但不覺間，這種風格特異的食檔，在我們眼前消逝了。

誰來講它的身世故事？莊玉惜說要寫香港大牌檔，我立刻說：應該！真好！

歷來斷斷續續有人會筆下情牽，用濃情淡筆寫下那逝去大牌檔的小片段，對於它的歷史，卻從沒有人以學術角度着手整理與研究。莊玉惜寫《街邊有檔報紙檔》，就開展了一項極為新鮮的研究工作。從小處入手，以庶民日常所見而又不加注意的定點，作為大歷史的資料蒐集對象，她那股熱切尋源的傻勁，正讓那些隱沒已久，可能永埋不顯的香港歷史，重見天日。我深信她有了這種發掘經驗，必然有助她把大牌檔興衰史寫得更深入。

大牌檔，曾是一道香港庶民風景，它伴着許多香港人走過艱辛的歲月，是香港歷史一部分。

二〇一一年七月三十日

排坐大牌檔

上世紀五十年代，香港正值經濟轉型，製造業興旺，政府把牛頭角、柴灣、觀塘等劃為工業區，但這些地區鮮有設立飯堂，搭建簡單的大牌檔因而迅速發展。大牌檔，又稱「大排檔」，是由鐵皮和木板搭建而成的露天熟食檔，頂蓋為金字頂，早期蓋上帆布，後期改以木板搭成，

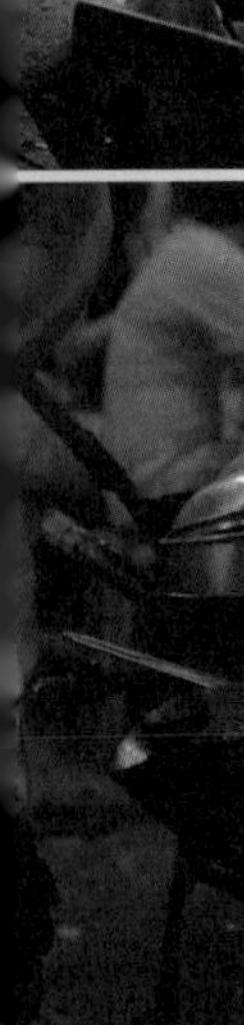

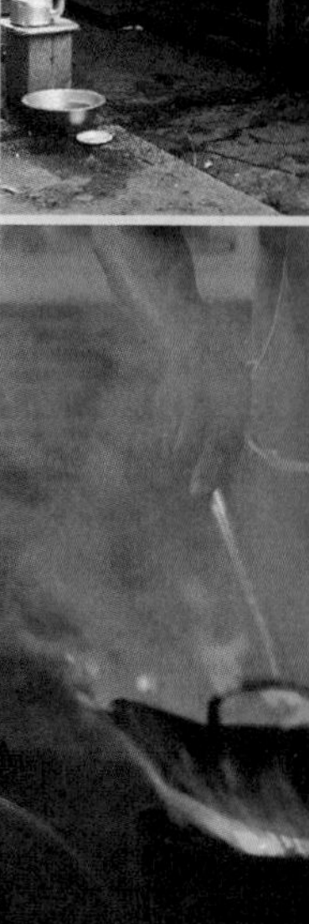
▼柯布連道大牌檔

檔頂多髹上綠油漆，鮮豔醒目而不刺眼。當時檔主只需繳付少許費用，向政府申領牌照，就可在街上設檔經營。一個熟食檔，幾張小板凳，是不少人養活一家的營生工具。

早年大牌檔一家只賣一種食物，多是即叫即製的，除了西式咖啡檔，也有粥檔、燒味檔等中式檔，幾個食檔連在一起，客人就可同時品嘗甲店燒味，乙店白粥，丙店咖啡，中西美食任君選擇。店主在檔內煮食，檔前多放有一張長板凳，上設幾張小木凳供食客坐着吃東西。食客並排蹲坐小木凳上吃東西，一邊「觀賞」檔主烹調食物，一邊感受撲面而來的「鑊氣」，吃時別有滋味，而食客「排排坐」的情景，也是當時別具特色的庶民風景。

至七、八十年代，政府認為大牌檔衛生欠佳、製造噪音和阻塞通道，不再發牌或續牌。時至今天，全港大牌檔只剩下不足三十家。在街邊蹲着吃的「庶民滋味」，也只能從舊照片裏追憶和回味了。

年宵新景

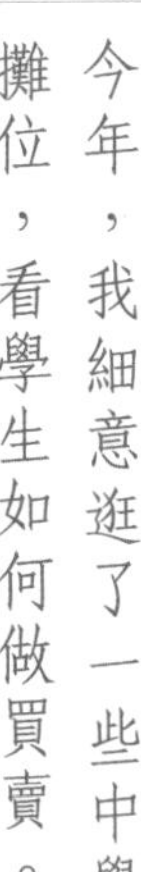
今年，我細意逛了一些中學攤位，看學生如何做買賣。

每年一趟逛年宵市場，是父親教落的習慣。

從我懂事以來，香港島的年宵就擺在海皮高士打道，由分域街到勳寧道一段。啍！別說我寫錯街名，一出手，你就該知道我的年代——四、五十年代，叫高士打道，不叫告士打道，最親切叫海皮，因為那是海旁了。勳寧道即今天菲林明道。說父親教落，因記憶中，母親從不去逛年宵，父親卻由人家搭棚開

檔開始，天天晚飯後就出動，年卅晚更一天去幾次，真不明白他興致何來。既怕人擠，又沒甚麼好看，我最不想去，可是不由得我不去，去行街，是父親強制迫行的。

忘記了甚麼時候搬到維多利亞公園了，場景改變，攤檔擺賣的東西也漸變於不知不覺間。近年，乾貨攤賣的多是青少年玩意，檔主或售貨員也以青少年為多。自從張五常寫《賣桔者言》後，倡導了經濟學的實踐驗證，強化了中學生及青年親身體驗貿易行為的信念，愈來愈多學校讓學生打正旗號設攤做買賣。

最初，我對讓學生參與生意細務，過早涉及功利，很有保留。但世界情勢真的變了，他們在老師指引下早一些了解社會運作，屬通識教育，比早年硬灌輸經濟理論好得多。青年人把擺攤當遊戲，玩得興奮開心，同時也想盡辦法招徠，體驗蝕賺的悲喜，「錢，原來不易賺」，這也是教育。

今年，我細意逛了一些中學攤位，看學生如何做買賣。我左問右問，男孩子還是好聲好氣交代一番。拿起一小盒子看，女生笑咪咪向我推介：「阿婆，這是鬥獸棋子呀！買副畀個孫玩啦！」我說：「我玩得唔得？」小女孩一點不驚訝，就教我如何老鼠可吃掉大象。

這新景，從前沒有。

二〇一一年二月十九日

鄉情

兩個年輕人離船前握手說：「再見。十年後再見。」這就是似淡還濃的鄉情。

長居市區的我，極欠鄉情體驗，感謝自然愛好者小翁帶給我一天美好遊歷，並與豐盛的鄉情相遇。

去過看大埔粉嶺等十年太平清醮，畢竟靠近市區，交通方便，感覺城多於鄉。今回到沙頭角看慶春約七村的太平清醮，水陸間關，才抵荔枝窩，畢竟距離感強，且流連到晚上，跟鄉民近距接觸，自有不同感受。

乘船過沙頭角海，沿線見許多島嶼，在風平浪靜中，我忽然心生慚愧，幾次老遠跑去日本青森松島，所見也不過如是，原來錯過了貼近的好景致。醮棚設在七村人口最多的荔枝窩——所謂多也只得百多戶。

在協天宮鶴山寺前，神功戲正上演日戲，村民在祭壇前上香合十，看來衣着不太香港樣，小翁説都是從英國歸來的移民鄉里。年輕一代講英語，也講不流利廣東話，細聽他們交談，似非舊識，不過在回鄉之際相見。一堆中年男子，聊的是童年村事，十分興奮。村屋前放着幾籮筐，堆滿彩釉雞公碗、青花單線菊花碗，我眼前一亮，那才是真貨雞公碗啊，青花碗直似碗窯舊物。原來人丁稀少，擺起祭宴來，還得逐村去借碗。

傍晚祭棚上沒停過誦經法事，旁邊戲棚又響鑼了，有鄉里看戲，有鄉里在祭壇前恭敬唸經焚香，一切無序卻和諧。晚上八時，祭幽化鬼王程序開始。全體男丁合力把幾丈高的鬼王抬起，走上黑漆小路，

搬到村後空地去焚化。人們都摸黑跟着去。幾百人，竟噤聲靜默，看着熊熊火光沖天，彷彿幽鬼冉冉隨風離去，那種莊嚴沉靜，城市少見。

乘船回程中，鄉里把握機會仍在暢談，兩個年輕人離船前握手説：「再見。十年後再見。」

這就是似淡還濃的鄉情。

二〇一一年十一月十四日

香港的太平清醮

太平清醮也叫「打醮」、「祈安醮」、「安龍清醮」等，是傳統的道教儀式，也是民間設壇祭神和祈福的習俗儀式。香港約有四十條鄉村會定期舉行太平清醮，但各村的打醮週期有所不同，最短是一年一次，最長是六十年一次。其中「長洲太平清醮」已被列入國家級非物質文化遺產名錄。

打醮期間，一般禁止殺生，有些村落還會封山和禁止割草。打醮的儀式很多，有些已成為著名的社區活動，例如長洲太平清醮「飄色會景巡遊」和「搶包山」。「飄色」本是由居民扮演神明，四出巡遊以驅除瘟神的儀式，現在則由小孩扮演神明或古今名人巡遊。每年舉辦飄色的時候，街頭巷尾熱鬧得像西方的嘉年華會。「搶包山」原是讓居民在三座包山上搶奪平安包的活動，參加者搶得愈多包子，代表福氣愈多，這活動至今演變為男女健兒在同一座包山上搶包的競賽。

大戲棚

大戲棚，應是活着民生與舞台戲假，互相呼應，融和出一種古今、真假的認知。

黃昏時分，我朝原來熟悉，現在卻完全陌生的一塊土地走去。

原來熟悉是指當年佐敦道碼頭英皇佐治五世公園的附近，完全陌生是指填出來、接着柯士甸站的新地，官方正名叫西九文化區的部分。遙遙望見最熟悉的傳統戲棚，旗幟招展，我腦中閃動的卻是四十多年前的佐敦道棚戲聲色。

從前，香港修頓球場、九龍佐治公園的棚戲，多為街坊福利會所主辦，坊眾與外人在那裏度過無數熱鬧愉快日夜，成為一代人集體記憶。十多年前，正鬧大戲演出場地不足的時候，我們一羣關心人竟發妙想，曾提出在丟空日久的北角新邨舊址搭個大戲棚，給戲班不斷上演。記得仙姐還提到當年她指定搭戲棚的規條如何如何，連後台裝置、台板鋪墊、座位安排，都設計好，最重要是規定棚內不准賣食物。談興過後，一眨眼十多年，幾乎忘卻在鬧市搭戲棚一事了，突然，「西九文化區管理局」設計了個大戲棚，不免有舊事重提之感，自當第一夜響鑼就去看看。

空地一座竹棚，竹棚外大花牌，是主要標誌，但民俗熱鬧比不上一般現在還流行的神功戲——我既愛劇院中的嚴肅與寧靜，也喜歡鄉鎮神功戲棚內外的喧鬧氣氛。兩般風貌，各具吸引力。如果他日真的有個永久大戲棚，外邊不宜管得太嚴，今回售賣小零食攤子、民間手工藝檔，都嫌太「假」，遠不及荔枝莊、青衣幾台棚戲來得「真」。大戲棚，應是活着民生與舞台戲假，互相呼應，融和出一種古今、真假的認知。

二〇一二年一月廿八日

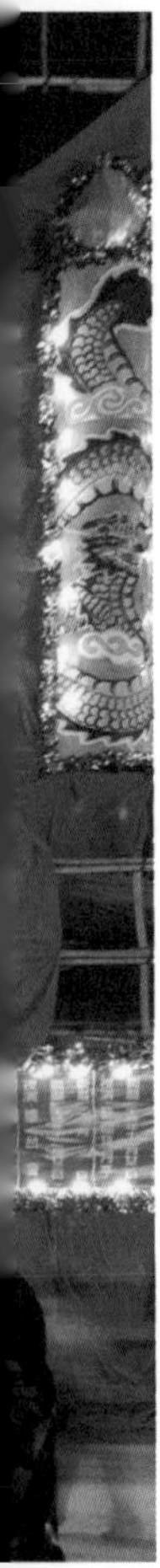

城市
記憶
CITY MEMORIES
CITY MEMORIES
西九大戲
WEST KOWLOON BAMBOO
西九文化區管理局
主辦

小小店的個性

店主個性就是小小店的個性。

新式購物廣場，千場一格，名店同貌，毫無分別，我早已沒興趣去逛。街頭店鋪也因租貴難捱，只有小吃攤或短約雜貨可擺得一時半刻，對我也沒吸引力。行街趣味，真日見淡薄了。

偶爾路過舊區，見一段路上全是售賣各式炊具、廚房用品、刀刃剪刀等等老店，走進去，發現可增見識的多的是。流連其中，炊具刀剪名稱功用，學得不少。可是這與我生活無關，興趣不大，走過便算。

友人帶我去旺角一購物中心。三層商場割切無數豆丁小店，應該説小小店，只因小得擺了貨便連人也站不進，有些物品還要霸佔通道放着。小小店賣的舊物、郵品、錢幣，各隨主便。其中竟然還有針灸師佔一店，病人多而店小，通道上意想不到站了

幾個頭臉插滿針的人，第一次看到嚇得我一跳。售賣錢幣的店據説近來十分火熱，炒賣新鈔，門前開列號碼，價格各異，堆滿了人討價還價。

我感興趣的是舊物。老實説，舊物價錢難以估計，開天索價，落地還錢，乃是定例。我歷來只看不買，在旁看別人講價，這叫「學嘢」。但這裏有幾家小小店的店主，倒很有個性。魯先生、勞先生、李先生，各賣各的，他們有獨步尋舊物方法，最重要是他們自己愛上那些舊物，在擺得雜亂的東西中，他們可以講出每件的來源故事。我禁不住也買了些。價錢嘛，也由他們説，有些小件，他們會不太計較合計多少就給我。跟他們聊天，自有另一門學問，民間的智慧也極好玩。

店主個性就是小小店的個性。

二〇一二年三月廿五日

追趕記憶

我希望自己不要沉溺在老人回望自己光輝歲月的那種姿態，同時也希望現在的人不要等到將來才回望過去，而是現在便要張望，望一望自己所在地的一切，只要你關心她，便能幫助她。

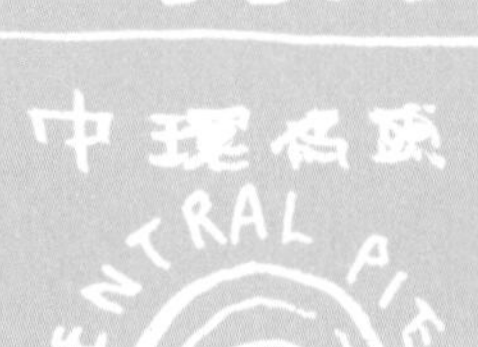

別矣紅磚

是永別了，再建，已經不會是舊時模樣了。

再建紅磚！再見紅磚！

彩旗還在飄揚，來不及卸下，禮拜堂四周已架了圍板，再見？是永別了，再建，已經不會是舊時模樣了。

作為灣仔地域的地誌——紅磚建成的循道禮拜堂，終於要拆卸，老街坊如我，難免淒然，不知何故的淒然。

也許，它夠老，也許，它那既中既西的建築形體夠罕見。也許都不是。

灣仔，由兩座尖型建築物，把軒尼詩道、莊士敦道分開來。東邊是德士古油站，西邊就是這座紅磚中式禮拜堂。小時候，難得一次到中環去，乘電車回家，到了大佛口，看見紅磚教堂，可安了心，因為再過三個電車站，英京酒家、東方戲院在望，就快到家。不覺把它當成灣仔與荒涼的中環邊緣的地界，已經成了習慣。

一九八七年夏天，老詩人鷗外鷗和老作家李育中，闊別香江五十多年後重來，面對本來熟悉的灣仔，無法辨認，顯得惘然。我就帶他們走到紅磚禮拜堂前，他們那如見故人的雀躍，至今難忘。它證實了重來非夢，老人家久歷滄桑，劫後歸來，它是一種實體證明，是一種物證。

▶華嘉（左）和鷗外鷗（右）重訪紅磚禮拜堂。

幾十年在它身邊走過，可從沒有進去看看，不是教徒，不好平白打擾。那天，路過時，正好教堂辦個甚麼紀念會或告別儀式，辦事人忙於掛上彩帶之類，我在門外探頭張望，就是不好意思走進大堂去。現在想起來，未免有點後悔，這一錯失，以後便不再了。

也罷，反正，它存在我心中的，就只是外貌，矗立不動的紅磚身軀。記住它，記住灣仔地界。別矣，紅磚。

一九九四年八月廿六日

紅磚禮拜堂

循道衛理聯合教會香港堂，亦稱「循道衛理香港堂」，位於軒尼詩道和莊士敦道交界。它在一九三六年落成，當時名為「中華循道公會香港堂」，是灣仔的重要地標。這座禮拜堂由英國建築師設計，專為華人基督教徒服務，樓高九層，紅牆綠瓦，面對灣仔大佛口（現時先施保險大廈一帶）的部分是一座中國式鐘塔。禮拜堂有「紅磚禮拜堂」之稱，是灣仔三間著名的「紅磚屋」之一。由於地方不敷應用，禮拜堂在一九九四年拆卸，並於一九九八年原址重建，即現在的循道衛理大廈。新廈樓高二十三層，一至九樓為教會所用，其餘樓層則出租作其他用途。新廈保留舊有的建築特色，仍以紅色為主，設有一座鐘樓。不過，提到紅磚禮拜堂，在灣仔老街坊的腦海中浮現的，也許仍是第一代紅磚禮拜堂的模樣。

老榕移居

如果我是個攝影家，一定會把這次移居過程拍攝下來。這是一次生死見證。

在跑馬地舊體育路上，有兩株老榕樹，樹齡超過百年，看過火燒馬棚，看過幾代鋪草皮的人步履，財散財聚。

牠們正在艱難移居！

植物學家説榕樹生命力強，氣根如美髯，着地的根頑強向四周伸展，咬緊泥土不放。婆娑，是牠們姿態最適合的形容詞。

為了改建道路，牠們要讓路。據説經過園藝公司的專家設計，把牠們移往三十米外的黃泥涌道上。

牠們生活了百多年，根部在地下縱橫跨過多少面積，誰能準確估計？專家説連樹帶泥，每株榕樹重一百公噸，要移動牠們得用特殊方法

▼移居後的兩株老榕

拖扯。拖扯一株老榕樹？一個很難想的景象！

還沒有移居前，牠們早已給「修理」過，把伸開的枝幹修短，看來有點呆頭呆腦。設想如何連根拔起，真為牠們擔心。昨天，牠們開始了沉重的移居，要三天才可走完三十米的路，這是一段極艱難的路，牠們能不能在新地活下去，仍是園藝家關注的問題。

「落地生根」，是個令人安心的詞彙。這是甚麼時代了？

▼老榕移居後，其中一株被颱風摧毀，現時只剩一株。

我還固執着農業社會遺下來的理念。飛翔、跳躍、流浪，十分瀟灑，連根拔起，才是生存之道。

也許是，所以，老榕也移居。

為了生存才移居，移居後必須要生存，那才合理。我關心的就是榕樹移居後能不能繼續生存下去。園藝專家該早有打算，但老榕樹自己也要經得起一次考驗——生命力的考驗。

如果我是個攝影家，一定會把這次移居過程拍攝下來。這是一次生死見證。

老榕樹，請自珍重，你還得在新地再看財散財聚。

一九九五年三月三十一日

追趕記憶

敵不過經濟需要，新政府也無心留戀舊痕，儘管有心人聲嘶力竭，要拆就是拆，一切零星落索。

「香港這地方是還等不及下一代成長就會成為過去。」這是珍・莫里斯（Jan Morris）對香港的評語。

有心保存地方記憶的香港人，近十年實在忙碌，幾乎天天要把某些關連自己生命的記憶，確保下來。

一個區域、一條街、一座建築物、一幢大廈，盛載着多少人的生活記憶？幾十年來，它的漸變，往往不易叫人察覺，只有一部分深情的人，偶爾回首，才猛然追憶零篇碎影。香港是個不重視歷史的城市，市民一般只習慣記得眼前事，一切逝去的與己無干。

一九九七年前後，忽然，香港身世問題突顯了。六字頭、七字頭，甚至八字頭的一代人，紛紛回頭追尋城市歷史，就在追尋過程中，發現還等不及自己老去，那些盛載記憶的地方，已成過去，更遑論要下一代記得了。

多少拆舊，是假「發展更新」、「重建」之名而妄動。敵不過經濟需要，新政府也無心留戀舊痕，儘管有心人聲嘶力竭，要拆就是拆，一切零星落索。於是，我們只好追趕記憶，牛頭角、觀塘、石硤尾要拆，我們趕去拍些照片，利東街、春園街要拆，我們趕去拍些照片，兩個月後，許多人熟悉的天星碼頭要拆，我們趕去拍些照片，還把鐘聲錄下來。這叫追趕記憶！

二〇〇六年九月十六日

且說說月園（上）

——去月園，成為時髦行為。

▶一九四九年月園開幕

年輕學者研究《新生晚報・新趣》一九五一年刊登的短篇故事，以探求「香港意識的生產和傳播」，論文很有見地，也是研究過去的香港文化面貌及內涵的最佳方法，特別是民間生活，在欠缺完整文獻紀錄的情況下，這是有效的通道。

文中提到一個故事，情節發生在「月園」，學者因故事沒提該地特徵，憑內容描繪，「可以推測月園是一個遊樂場」。他遍查資料，只在《香港年鑑》中見到這名字，那也只好「推測」了。

以我的年紀，讀來很感興趣，因為這是個難忘的兒時遊樂地，我且借機會為你說說它。

月園，位於北角英皇道與北角道交界處，是個大型遊樂場，正門剛對正轉入北角道處，即現在的麗宮大廈、皇冠大廈所在，從北角道左拐進渣華道，還有一條短短的月園街。

上世紀四十年代末，北角荒僻人稀，誰料一九四九年來了大批富有上海人，選中了這塊荒地，大興土木，建成了英皇道、堡壘街、春秧街等等街道和建築物，同時帶來一切海派生活習慣，「小上海」一詞應運而生。張愛玲一九五四年拍照的「蘭心」就在月園的斜對面。

香港市民未見過那麼大的摩天輪、快速的過山車，更未玩過許多新奇玩意。去月園，成為時髦行為。

二○○七年一月二十日

且說說月園（下）

月園，是海派進駐北角的明顯標誌。

香港市民未見過那麼大的摩天輪，那麼快速的過山車，還有千奇百怪的玩意，大家起哄，成了城中話題。

母親一向對新鮮事物不放過，月園開幕不久，就帶着我去開眼界。

進得場來，只覺樣樣東西都在急劇轉動，慣於靜態生活的我眼花頭暈，從那一天開始，已經確定我以後不會玩各種機動遊戲了。反正遊戲券很貴，母親只肯帶我去看兩個表演。第一個是密封大鐵桶內壁飛車，大鐵桶有兩層樓高，觀眾站在桶外的觀看台上，外國表演員駕着電單車，沿桶壁懸空上下左右翻滾速駛，嚇得我們嘩嘩大叫。第二個教我最難忘的，是跳蚤表演。只容幾個觀眾圍在高桌邊觀看，「馴虱師」——不知道怎樣稱呼，我自創此詞，從小盒中取出黑色虱子，跟常見貓虱一般小。馴虱師為牠們穿上紙衣裳，要牠們打球、拉車、跳舞，十分聽話。母親說馴虱師讓虱子吸血，養活牠們，所以聽話。飛車表演，現在還可在紀錄片中看到，可是跳蚤表演，卻從未見過。我總認為虱子表演，實在太神奇了。此外，我還在月園第一次照各式哈哈鏡。人在鏡內，如此扭曲變形，對無知小孩來說，真印象深刻。

忘記月園甚麼時候拆掉，正如不記得北角甚麼時候由小上海變成小福建。

月園，是海派進駐北角的明顯標誌。

二〇〇七年一月廿一日

Chun Yeung Street
春秧街

北角是「小上海」還是「小福建」?

北角位於香港島最北端，未填海前是海岸的一角。一九二一年，祖籍福建的印尼華僑郭春秧投得北角新填海地皮，並將土地改為住宅發展用途，北角便隨即發展起來，由於當時有許多閩南華僑聚居此地，該區因而有「小福建」之稱。

國共內戰期間，大量上海人避走香港，聚居在北角堡壘街、建華街一帶。這些上海新移民紛紛在區內開店營生，上海理髮店、南貨店、餐館等如雨後春筍般在北角的街道上出現，穿旗袍的上海貴婦人穿梭於這些店鋪間，吳儂軟語此起彼落。商人也乘勢引入上海式的摩登娛樂生活，建立了月園遊樂場和各色夜總會，上海燈紅酒綠的生活在這裏重現，北角因而也有「小上海」之稱。

至六十年代，大量祖籍福建的東南亞華僑因為政局動盪而移居香港，聚居北角，特別是春秧街一帶。北角慢慢地又由舊日的「小上海」變回「小福建」了。

也該說說荔園（上）

六七十年代我常去，就是為了看那些不見經傳的戲班。

四五十年代的港島人記得月園，直到今天，更多香港市民記得的，應該是九龍荔枝角的荔園，因它存在年期長，給三四代人帶來過歡樂記憶。

童年時光，極少渡海。交通不便，去荔枝角、狗爬徑、蝴蝶谷，屬遠足大事，家人沒有「遠征」習慣。我到荔園去，已經是六七十年代的事了。

荔園，格局比月園大，它在海邊，發展容易些。內部設備更比月園多，除了一般遊樂場該有的機動遊戲外，還有滾軸溜冰場——叫雪

屐場似乎多點本土味。場內有大小劇場：小劇場，我不進，艷舞廣告板高高掛，很嚇人。歌壇，要買票，偶然進去一兩次，聽過小姊妹唱流行曲，後來才知道那就是梅艷芳。大劇場舞台不小，座位多，長期有京粵劇班演出，可算是荔園特色。六七十年代我常去，就是為了看那些不見經傳的戲班。

老實説，我也忘了看過多少班，現在恍惚記得看過七小福，誰是洪金寶，誰是成龍，當然分不清，只見台上個出個入，唱造也像樣。粵劇班倒多得很，今天的資深老倌，都在那兒踏台板，踏出名堂來。

我喜歡劇場裏那種半戲棚式的民間感覺，有一羣老觀眾，炎蒸苦焗，淒風冷雨，他們都在。專心看戲的，閑話家常的，互不打擾。鑼鼓喧天，忘卻外邊西式玩意。

二〇〇七年二月三日

也該説説荔園（下）

説起它的人，又是另一世代的「集體記憶」了。

荔園還有一個類似動物園的圈地，髒髒的鐵籠、鐵欄，遠遠望去，籠中獸多是垂頭喪氣，儘管香港沒有動物園，我還是提不起興趣看。只有一隻永遠站在鐵欄旁的大象，我每次總不忘去看看，拿隻香蕉給牠吃。牠餓得很，卻很乖，為求吃，會向遊客點頭或半跪。牠的眼睛水汪汪，像充滿感情。

最後一次去荔園，應該在七十年代中葉，魯金叔説要去看看。那時蘇狄嘉負責公關，帶着我們逛。

那天晚上，魯金叔專程去看大戲後台。他進去就每事問，讓我增廣見識。他事後對我説：「我認識的事物，還會問，因為説法多、派別多，多聽無妨。」那是我第一次進後台，竟得蒼涼印象。也許是個小型班，後台人丁疏落，化了妝而未穿戴戲服的演員，呆坐衣箱旁，與外邊鑼鼓喧鬧，形成強烈對比。

回到台下，觀眾倒不少，我看全是老人，一眾垂垂暮氣，也甚蒼涼。

離開劇場，碰碰車、旋轉木馬，配着閃亮燈光，是典型遊樂場風貌。場地上還設許多玩遊戲的小攤檔，平時我從不停留，但魯金叔卻每檔駐足。他站定細看，卻不玩。離開一檔口，就會低聲告訴我，掟階磚是抹了油、射槍瞄準器弄歪些、搖彩轉輪背後受控制……一得一失，原來都是騙局。

荔園，圍牆外一塊獨立招牌，一九九七年拆掉，青年一輩，不認識它。說起它的人，又是另一世代的「集體記憶」了。

二〇〇七年二月四日

陪伴香港人成長的天奴

荔園遊樂場於一九四九年在荔枝角開業，一九九七年結業。它曾是香港最大型的遊樂場，園內的粵劇場、歌壇、攤位遊戲、機動遊戲、動物園、蠟像館等設施，都為香港人帶來歡樂的回憶，而它的鎮園之寶——大象天奴更是令人難忘。

天奴是頭雄性緬甸大象，一九五八年由荔園購入，當時牠只有四歲，此後便長居園內的動物園。自此，「看天奴」就成為遊人到荔園的必然行程。天奴身軀龐大，但只住一個幾百呎的獸籠裏，腳下還繫上鐵鏈。儘管待遇不佳，天奴卻十分乖巧馴服，不時提腳跟遊人打招呼。遊人餵飼牠時，牠會跪着，然後伸長鼻子至越過水溝和圍欄，靈巧地用鼻子捲走遊人手上的食物，飽餐後牠更會叩頭致謝，十分有禮。

天奴陪伴香港人三十多年，可說是一代香港人的寵物，可惜牠在一九八九年不幸染上急性肺炎逝世，及後報章上有不少悼念天奴的文章，彷彿大家都為着痛失這位重要的朋友而深表追念和惋惜。

鑿碎景賢

那一下一下鑿碎景賢的動作，兩個金燦燦、含有敬意的字，剎那間就在這時代碎了散落了！

剛打開有線電視，正播着晚間新聞，毫不在意，竟看到鏡頭動着：

棚架上，工人雙手握着電鑽，朝高架石牌坊上的字使勁鑽去，金燦燦的「賢」字下面的「貝」字碎了。「臣」字早已碎了，「又」字碎了。鏡頭一轉，大鐵椎

幾下幾下，再碎了個「景」字，我彷彿聽見轟轟然的錘鑽聲。

司徒拔道四十五號，已有逾七十年歷史的大宅，據説已在上月以四億三千萬元轉手易主。我沒見過這建築物，它的命運也與我無干，可我眼看那個金燦燦的「景賢」兩字，在椎鑽下盡碎時，心卜卜跳，像目擊一宗謀殺慘劇，透不過一口氣。

《篇海》：「景，慕也。猶仰也。」《詩經•小雅》：「景行行止。」《説文》：「賢，多財也。」《周禮•注》：「賢者，有德行者。」

先別嫌引用古籍老套毫無新意，只要連起來想想，實在是個永恒的道理。大宅前主人錫予嘉名：景賢里，訂定一番前景盼望，也圖以此勉勵後輩。中國傳統，園林宅院的命名，多具深意，也見主人修養。

外人路過，吟誦細嚼，自有解讀領悟。景賢里，一個簡單而有企盼的名字！

我費事質疑政府何故遲遲不救，也不探究保留不保留的問題，更無心追查是不是屬於古迹，我怦然心動者是：那一下一下鑿碎景賢的動作，兩個金燦燦、含有敬意的字，剎那間就在這時代碎了散落了！

電視台新聞觸覺敏銳，竟能拍攝鑿碎那一刻動作，似乎其他媒體都沒有捕捉得到，煩請該電視台保留這幾個鏡頭，因為它記錄了一種粗暴行為，實在太有象徵意義了。

那散碎一地的景賢，誰來保育？

二〇〇七年九月廿二日

留住景賢

景賢里位於灣仔半山司徒拔道，本為私人物業，原名「禧廬」，建於一九三七年，由華人富商岑日初擁有，是一座風格獨特、別具歷史意義的建築物。岑日初是香港早年少數獲准在半山居住的華人，當年禧廬落成，標誌了華人地位的提升。一九七七年，禧廬易手，易名「景賢里」。

景賢里是建於港島半山的歷史豪宅，它展示高尚住宅區開始在半山區成形的早期歷史，見證着香港歷史的重要發展。

景賢里設計典雅、做工精細，大宅樓高三層，採用傳統嶺南三合院的佈局，即主樓加上東西兩翼，大門朝南。大宅牆身以紅磚砌成，屋頂為中式歇山頂，配以琉璃綠瓦，屋頂上有傳統的建築裝飾物如脊獸、斗拱、額枋等，獨特之處是裝飾物用西方的鋼筋混凝土製成，而不是中國傳統的木材。大宅室內地面鋪上雲石地磚、木地板，並以馬賽克小磚鋪砌圖案；窗戶均為中國圖案的鐵製窗格子；天花板的藻井有中國井格式設計，也有帶西方色彩的同心圓放射式設計。獨特的建築特色，使景賢里不僅能吸引遊人駐足欣賞，還引來多部影視作品在這裏取景。

景賢里在二〇〇七年再度易手，當時的裝修工破壞了大宅的瓦頂、石器、窗框等，因而引起社會關注。後來政府跟新業主達成協議，以換地的方式，保存這座有七十多年歷史的大宅，景賢里從此成為法定古迹。政府重新接管後，把景賢里開放予公眾參觀，令這座歷史建築物得以保存和活化。

平民風格的逝去

如生於斯長於斯的商人，賺了錢，對本土的平民風格也該有眷顧之情，盼請為平民留一點血脈。

每個大城市，都應有不同層次的生活風格，才見該城的生命力。過分劃一，就顯得平庸失格。

平民生活，往往呈現了人間生趣味。每到一城，遊地標，訪名所，自然在所不免，但領略真正人間味，必在橫街窄巷、市集地攤，或民間雜耍廣場。真正，是指一般市民生活實況，而不是想方設法的所謂活化。重新裝扮，借舊屍還以新魂，早失卻老老實實的市民生活興味了。以澳門的福隆新街與大關斜巷或爛鬼樓附近小街一比，就明白那種才是人間味，更足見與璀璨閃彩的大賭場的隔世感。

香港沒有大賭場侵吞某些地段，但比起澳門來，平民風格竟不幸地消失得多而迅速，只因地產商大商家的擒拿手及侵呑地段的心思，無孔不入，一條小街，幾幢舊樓，一旦給地產商看中，就改形換貌，另類活化了，再與平民興味無關。永安街店鋪上了西港城二樓，已失去花布街的店對店風格，試想「天就行」上了太古廣場會怎樣？——當然，講究高貴世界名店品牌的大商場，也絕不會讓本土味濃得很的紙紮香燭店搬進去。

灣仔新街市燈光火着，乾淨光鮮，但逛來總不及從前灣仔道交加街幾條小街上的露市小攤的平民風格，熱鬧親切。第五期《文化現場》一篇特稿〈告別新光——一個民間藝術重鎮的失守〉，儘管淡然採用資料說話，對平民藝術行將失去演出平台，隱隱透出無奈哀愁。

如生於斯長於斯的商人，賺了錢，對本土的平民風格也該有眷顧之情，盼請為平民留一點血脈。

二〇〇八年九月廿八日

行街：文學以外的香港散步

盧：小思（盧瑋鑾教授）

樊：樊善標教授

逛街是一種家教

樊：很多人說「讀萬卷書不如行萬里路」，也有很多人熱衷旅行。熱衷旅行的人可能對千里外的地方很熟悉，但對自己居住的地方卻不大了解。大家都知道，您除了喜歡旅行，還喜歡逛街，最耳熟能詳的必定是您的「香港文學散步」，但今天想談談「一般的逛街」，每年天氣好的季節您經常去逛街。究竟這逛街的嗜好，是來自父母，還是另有原因？

盧：逛街是一種家教。我父親每天都要逛街，他每天吃過晚飯，便到最接近家的一兩條街上逛逛，我就跟着他。他會一邊逛街，一邊跟我講述街上發生的事，例如一個美少女在我們前面走過，他會說：「猜猜她長得如何？」然後自己急步向前走，假裝回頭望我，

其實是偷看美少女的樣貌——這就是我父親的浪子個性。我很奇怪，父親是這樣的一個浪子，母親卻是嚴謹、規行矩步、關心社會、關心世界的人，那我會不會是一個很奇怪的人？有時我也會寫一寫我的父母，母親名字的最後一個字是「英」，父親名字的最後一個字是「雄」，所以父親常常得意地說我是「英雄」之女。你說我有輕鬆的一面，我想這極可能是來自父親。

我母親也很喜歡逛街，但她體弱多病，有段時間更畏光畏風，所以她沒有太多機會可以逛街，這很可惜。在她過世後，父親逛了許多地方。他邊走邊說的習慣，讓我知道逛街不單是用腳走，更是用眼看，這對我來說是很好的訓練。父親過世後，我便跟魯金叔逛街。（編按：魯金，香港掌故作家。）我對街道和庶民生活的觀察力，可說是從他們身上學到的。

樊：我想起您不止一次看見「收買佬」推着手推車經過，一眼便看出藏在裏面的寶物，因此買下不少好東西，例如書。

盧：有時甚至不用買的。有一次我在跑馬地看到一個女人用木頭車推着一堆書，打算把書本當垃圾運走，可能是某個老人去世了，他的家人把他的書丟到街上吧。我嚇得馬上拿起一些珍貴的線裝書，可惜一個人能拿的不多，我只好着那個女人把書推到國泰大廈，賣給那裏的舊書檔。我在逛街時經常留意小東西的習慣，是從魯金身上學到的，他曾告訴我「連垃圾也要看看」，這句話使我很深刻。

逛街，還是自己一個好

樊：您說得很吸引，但恐怕我們很難做到——因為一般人都怕髒。那麼您逛街時，喜歡自己一人，還是結伴同行？

盧：我喜歡自己一人。與人結伴逛街，我忍不住不停給同伴說故事，若到我曾逛過的地方，我可告訴同伴這地方的有趣之處，但如果那地方是我第一次逛，還是自己一個人好。一些朋友很清楚我逛街的習慣，跟我結伴逛街，總是走着走着便不見了我，因為我會獨自走到別處看東西，這樣不但給同伴怪責，而且他們未必對我想看的東西感興趣，這都令逛街的趣味盡失。所以，逛街還是自己一人好。不過，若能與嗜好相同的朋友結伴逛街，也有別的趣味。

樊：您是怎樣決定到哪裏逛的？

盧：我很少「決定」到哪裏逛的，除非有些地方我沒逛過。例如我在照片看到將軍澳的知專設計學院的樣子很特別，而碰巧那裏有展覽，我就會專程去看。在這情況下，我才會有計劃地「決定」逛的地點。逛那幢建築物時，我自然會順道逛一逛附近的街道，這種隨意逛的意外收穫有時比刻意安排的還要有驚喜。

當然，像上海街，或深水埗區內那些面臨遷拆重建的街道，我會特別安排天氣較好的日子——天氣太熱真的不適合逛街——有計劃地把整條街道逛一遍。

樊：我們去旅行時，可能會有這種逛街的心情，但住在香港的人，似乎都不會這樣做。舒國治的《香港獨遊》、蔡珠兒的《雲吞城市》、劉克襄的香港郊野散文，或者龍應台《香港筆記》等，這些作家以外地人眼光來看香港，發現了很多新鮮的事物，引起不少香港讀者注意，但香港作者卻很少從類似的角度來寫自己以為熟悉的地方。

盧：這些作者寫香港的原因，大都是希望找一些能刺激靈感的材料，我是純粹的「逛街」。在香港土生土長的人很多，但像我這般依戀——也不知能不能稱為依戀——這個長我育我的地方，不知有多少。我發現自己愈來愈渴望了解這個地方，這感受和以前跟父親或魯金逛街時已很不同。

懷舊，還是反懷舊？

樊：您如此珍惜舊事舊物，卻反對懷舊，原因在哪裏？

盧：很多人以為我常談舊事物，一定很懷舊。懷舊不是不好，懷舊其實是回頭尋找自己的根源，如果懷舊含有這種歷史感，我不反對，只有知道路是怎樣走過來，才知道怎樣面向未來。但不能純粹為了懷舊，而反對一切重建。現在我們看到的灣仔，跟二十年代的灣仔已經很不一樣，不能要求所有東西永遠牢固不變。當然，有些地方是做得到的，例如日本京都，他們有能力保育舊城面貌。世界各國不少大城市也會保留舊城區，另闢新區。不過，香港太小，很難保留舊城區。我贊成保留部分舊街的面貌，譬如上海街、深水埗區內一些舊街道等，讓我們知道以前的人如何生活。保留追尋歷史的根源，這是重要的，但是過分強求事事懷舊，社會便不能向前走，知舊而不滯停，才能有新的發展。

樊：這不是情緒的問題，而是理性的考慮，也是您一貫的看法，譬如您在《香港的憂鬱》一書中，收集了二十至四十年代外地作家對香港的描寫，也是為了保留香港的歷史面貌，而不是只為留住有着美好回憶的日子。對每一代人來說，「美好日子」都不相同，若人人都企圖留住自己的「好日子」，對整個社會未必是好事。

盧：還有，每一代人談自己的過去，只記美好的事物，醜惡的他們大多避而不談。像我說灣仔，也只說美好的東西，避談不好的。黃碧雲寫《烈佬傳》，寫的盡是灣仔惡劣的面貌，正是由於她不是生活於那個年代，因此能抽離地表現這地方不好的一面。你說我看不到這些不好的方面嗎？我當然看到。我們應該抱着尊重、學習和愛惜的態度，對待每一個年代不同人口中的美好回憶，但這些回憶是不能反映那個年代的整體面貌的。

樊：對，很多戀舊的人都很情緒化，抗拒所有新事物，其實現在未必比以前差。您說您只寫灣仔從前好的地方，其實您也有寫她的不足；或者不說好壞，您是寫出了被埋沒的歷史。例如您曾寫過中環匯豐銀行總行門前的銅獅，您引述吳冠中的文章說，銅獅是杭州國立藝專的一位外籍教授設計的，這正是補充歷史。單是銅獅為何由外籍教授設計這問題，已可以引出許多歷史研究。

盧：我希望自己不要沉溺在老人回望自己光輝歲月的那種姿態，同時也希望現在的人不要等到將來才回望過去，而是現在便要張望，望一望自己所在地的一切，只要你關心她，便能幫助她。

軟歷史與文學補注

樊：我很期待有更多人像您這樣寫香港的過去。以您寫北角月園那篇文章為例，我們可以從文獻記載知道它是一個遊樂場，由誰經營，何時落成……但說到當時的氣氛、當時的人以怎樣的心情走進這個場所，想在裏面做甚麼，甚麼人會走進去……這些「軟的史料」卻需要身歷其境的人以回憶來補充。研究香港的歷史，除了需要硬史料，還需要軟史料。

盧：你說得對，但更重要的是後人如何運用這些軟史料，因為軟史料往往經不起真實資料的衝擊。我現在老了，才知道老人的記憶是危險的，因為他記得的多數只是美好的事。軟史料的確可作為補充硬史料的「軟骨」，令其圓滑度更高，但讀者同時要很小心，因為作者可能記錯，或存有個人偏見。

樊：所以，您做口述歷史研究時，會把幾個人的話互相對照，再印證書面材料和其他說法。您又說過，一些經典的香港文學作品，內容與我們現在距離太遠，年輕讀者未必能明白當時的社會環境，例如侶倫的《窮巷》（以二戰後香港為背景的小說）和曹聚仁的《酒店》（以五十年代香港為背景的小說）都是好作品，但很多年輕讀者連它們的基本背景都不清楚，所以您曾提議重編重印這些書，加入導讀和相關的軟硬史料作注解。

盧：外國經常都做這類作品重編，如英美經典的文學作品，每約十年便會重編一次。日本每十年便會重印由當代學者注釋或解說的《源氏物語》，這些學者用時下的語言解說以前的作品，是最方便閱讀的。我曾跟一些出版社談過，看看能否重編一些香港的近代作品，如《酒徒》（以六十年代香港為背景的小說），很多讀者，或是把作品翻拍成電影的人，其實都未曾經歷那個時代，不會知道酒徒處身的環境如何，錯失理解人物個性的機會，所以我希望有力量的人或出版社重印這些作品。當然，找個能為作品注釋的人是很困難的，老前輩不斷地離開，至我開始注釋時，也只能注到四十年代，加上部分注釋並不是我懂得的範疇。例如，我近來聽見有人想寫香港舊時的舞女。香港四十、五十、六十年代有幾種人是非寫不可的，就是落難文人、包租婆、舞女和經紀，這四種人已能把香港四十至六十年代的社會面貌有血有肉的烘托出來。有些人想寫「舞女」這行業，說當中有精彩的故事，又有如《花樣年華》般的氛圍。我便告訴他：「那你去問問有經驗的人吧！」現在還有誰曾在那個年代去過杜老誌舞廳、巴喇沙舞廳呢？若有的話，便要加緊去問他們了。要知道，那些去過舞廳的人，和我這個只過門而不入的女生，有着完全不同的感覺。這分別是非常重要的！如果這些作品能夠重編，最少能成為歷史的軟史料。

樊：這實在是困難的，能做注釋的，都不是作者年代的人。

盧：現在補注《酒徒》還來得及，《窮巷》已經做不到了。補注《酒店》的話，還可以找到一些講述當時回憶的資料……這是十分值得做的事。

二〇一三年十二月十二日

OXFORD
UNIVERSITY PRESS

牛津大學出版社隸屬牛津大學，以環球出版為志業，
弘揚大學卓於研究、博於學術、篤於教育的優良傳統

Oxford 為牛津大學出版社於英國及特定國家的註冊商標

牛津大學出版社(中國)有限公司出版
香港九龍灣宏遠街1號一號九龍39樓

第一版 2014

ISBN: 978-019-944287-4

10 9 8 7 6 5

鳴謝

本社蒙以下機構或人士提供本書參考資料和圖片 *，謹此致謝：
Dreamstime.com　Uwants 討論區會員 (almok、barco508、
chris90012863、hkman713、ngchiyiu、真子)
口述歷史報告《我們的石水渠街》　太平館餐廳徐錫安先生
古物古蹟辦事處　吳寶才先生　香港歷史檔案館　香港舊照片網站
維基百科　蘇家輝先生　* 部分照片由小思提供。